Hans Platzgumer

Bogners
Abgang

ROMAN

Paul Zsolnay Verlag

Mit freundlicher Unterstützung des Landes Tirol

1. Auflage 2021
ISBN 978-3-552-07204-6
© 2021 Paul Zsolnay Verlag Ges.m.b.H., Wien
Zitat aus Reinhard Haller, Die Macht der Kränkung
© Reinhard Haller by Benevento Publishing
Satz: Nadine Clemens, München
Autorenfoto: © Alexandra Eizinger / Zsolnay
Umschlag: Anzinger und Rasp, München
Foto: © Erik Odiin / Unsplash
Druck und Bindung: CPI books GmbH, Leck
Printed in Germany

Nichts beeinflusst Stimmung und Motivation,
nichts Befindlichkeit und Lebensqualität,
nichts unser Selbstwertgefühl so sehr
wie manche Kränkung.

REINHARD HALLER, 2017

■

Mama, just killed a man
Put a gun against his head
Pulled my trigger, now he's dead

FREDDIE MERCURY, 1975

AUS BOGNERS ARBEITSNOTIZEN

MITTWOCH, 4. APRIL 2018, 23:45

Von all den Waffen, mit denen ich mich in diesem Zyklus bislang auseinandersetzte, verlangt mir die Pistole am meisten ab. Ihren Charakter mit Tusche auf Papier einzufangen ist noch schwieriger als jenen von Pfeil und Bogen, woran ich mich zuvor versucht hatte. Helmut hat sie heute Vormittag gebracht, seither liegt die scharfe Waffe im Atelier. Dass sie geladen sein muss, hat Helmut schließlich verstanden. Ich will die Waffen in ihrer Brutalität porträtieren, ihre Persönlichkeit herausschälen, nicht Stillleben produzieren. Ich will den Sinn, nicht bloß die Form, mehr das Innere als das Äußere abbilden.

Einen Tag lang sitze ich nun schon vor der Walther PPK 7,65 mm an meinem Arbeitstisch, versuche, ihr Wesen zu begreifen. Ich weiß nicht, wie viele Skizzenblätter bereits im Müllkorb gelandet sind. Erst seit den Abendstunden werde ich zuversichtlicher. Die letzte Studie von heute wirkt verblüffend echt. Oder bilde ich mir das ein, weil ich erschöpft, überarbeitet bin? Auf dem Papier meine ich ein Objekt zu erkennen, das sich preisgibt. Es besitzt Ausstrahlung. Diese Waffe verführt den Betrachter. Eine Versuchung. Sie will benutzt werden. Sie ist schön und plump zugleich. So anziehend sie wirkt, so abstoßend ist sie. Eine Pistole ist niemals unschuldig. Auch wenn sie selbst nicht böse ist, sie zieht das Böse an.

Nehme ich die Waffe in die Hand, kippt sie nach hinten, in den Handballen hinein. Ich lege drei Finger um den Schaft. Ich halte den Daumen oben als Stütze und den Zeigefinger am Abzug. Der Schlagbolzen ist nicht zurückgezogen, aber der rote Punkt am Abzug zeigt: Die Waffe ist entsichert. Schon mit geringem Druck könnte ich einen tödlichen Schuss abfeuern.

Sieben Schüsse, sieben Patronen sind im Magazin, hat Helmut gesagt. Ich werde die Munition nicht aus dem Griff ziehen, werde die Pistole nicht ihrer Gefährlichkeit berauben. Ich will ihr genau so, wie sie ist, begegnen. Sie ist eiskalt, tot, ganz und gar unorganisch, unangenehm glatt, unangenehmes Metall. Ein haptisches Missvergnügen. Und doch will ich sie berühren. Besonders den Griff mit der gerippten Oberfläche. Seine Struktur gibt Halt. Auch einem nervösen Schützen mit schweißnassem Ballen würde die Waffe nicht aus der Hand rutschen. Ich wäre so einer. Unfähig. Ich wäre nicht dazu in der Lage, den Lauf dieser Waffe an eine Schläfe zu legen, weder die eigene noch eine fremde, und abzudrücken. Sogar aus nächster Nähe würde ich mein Ziel verfehlen.

■

SEIT ZWEI JAHREN studierte Nicola Pammer Deutsch auf Lehramt an der Innsbrucker Universität. Sie war in Bregenz aufgewachsen. Innsbrucker wussten sie, sobald sie den Mund aufmachte und ihr Vorarlberger Dialekt durchklang, sofort als »Gsibergerin« einzuordnen. Von der ersten Minute an hatte sich Nicola fremd gefühlt in dieser Stadt.

»Es gibt doch tausende Vorarlberger Studenten in Innsbruck«, sagte ihre Mutter. »Gib dich halt mit denen ab, wenn dir die Tiroler zu ruppig sind.«

Nicola hatte sich in einer Wohngemeinschaft eingemietet und bewohnte gemeinsam mit zwei Deutschen, einem Oberösterreicher und einer »Oberländerin« eine schäbige, überteuerte Wohnung im ersten Stock eines Häuserblocks unweit der Uni. Nicolas Zimmer lag direkt an einer stark befahrenen Durchfahrtsstraße. Nachts stopfte sich Nicola Schaumgummistöpsel so tief wie möglich in die Ohren und zog den doppelten Vorhang zu, den sie angebracht hatte, weil es, sobald die Straßenlaternen leuchteten, im Zimmer heller war als tagsüber. Auch tagsüber trug Nicola Ohrenstöpsel, nicht nur um dem Lärm des Straßenverkehrs, sondern auch jenem ihrer Mitbewohner zu entkommen. Die beiden Deutschen waren beste Freundinnen, ständig hielten sie ihre Zimmertüren offen und unterhielten sich lautstark über den Flur hinweg. Der Oberösterreicher drehte, sobald er aufwachte, Hip-Hop-Musik an, und auch einschlafen konnte er nicht ohne Beats und Raps. Die Bässe wummerten durch die Wand.

»Und die Oberländerin?«, fragte Nicolas Mutter. »Mit der kannst du ja quatschen, wie dir der Schnabel gewachsen ist.«

Als Oberland bezeichnen Vorarlberger den südlichen, bergigen Teil ihres Bundeslandes.

»Die Bea ist schon ganz nett«, sagte Nicola. »Aber sie ist halt ganz anders drauf irgendwie.«

Dass Bea sich selbst als Partygirl bezeichnete und jeden Anlass zum Feiern nutzte, führte Nicola nicht näher aus.

Hätte es in Vorarlberg eine Universität gegeben, hätte Nicola dort studiert. Jede Lücke, die sich im Vorlesungsplan ergab, nutzte sie, um die zweihundert Kilometer nach Bregenz zu fahren, wo sie ein Zimmer im Dachgeschoß ihres Elternhauses bewohnte, nur wenige hundert Meter vom Ufer des Bodensees entfernt. Nicola setzte sich in den überfüllten Railjet oder ins Auto, den anthrazitfarbenen Ford Fiesta ihrer Mutter, den sie des Öfteren auslieh, um so schnell wie möglich heimzukommen. Auch am 5. April 2018 wäre sie, wie jeden Donnerstag, gleich nach der letzten Vorlesung abgereist. Doch es war Beas Geburtstag.

»Komm doch mit, Nicola. Wenigstens eine Pizza. Wir haben im Vapiano reserviert. Einmal anstoßen! Ich werde nicht alle Tage zweiundzwanzig!«

»Ich bin mit dem Auto da …«

»Ein Aperol Spritz! Das wird wohl erlaubt sein. Mit extra viel Mineralwasser!«

Aus einem Aperol Spritz wurden zwei, schließlich drei. Und an extra viel Mineralwasser dachte niemand. Als Nicola deutlich später als geplant endlich loskam und zum Auto ging, spürte sie den Alkohol. Sie trank selten. Ein wenig Weißwein hin und wieder, mehr nicht. Heute aber hätte sie mehr trinken können. Es hatte Spaß gemacht. Hätte sich Nicola nicht fest vorgenommen gehabt, nachts noch nach Hause zu fahren, wer weiß, wohin dieser Abend noch geführt hätte?

◼

PROTOKOLL DR. WERNER GNESSEL

THERAPEUTISCHE SITZUNG ANDREAS BOGNER,

MONTAG, 15.1.2018

»Ihr Vater ist heute vor zwölf Jahren gestorben, sagen Sie, Herr Bogner. Haben Sie ein bestimmtes Gefühl, wenn Sie daran denken?«

»Nein.«

Lange Pause.

»Er rauchte ein bis zwei Packungen pro Tag. Über ein halbes Jahrhundert lang. Es war nicht verwunderlich, dass er Lungenkrebs bekam.«

Pause.

»Erinnern Sie bestimmte Bilder von ihm?«

»Hauptsächlich die letzten Tage, als ich ihn im Krankenhaus besuchte. Die körperliche Auflösung dieses Menschen faszinierte mich. Von Tag zu Tag wurde er weniger. Nichts als Haut und Knochen. Er lag im Bett, seine Nase stand wie ein Schnabel in die Höhe. Die Augen zogen sich zurück. Sie waren trüb und flackerten eigenartig. Die Hände, mit denen er ständig herumfuchtelte, weil es ihn irgendwo juckte, waren komplett hart. Ein Mensch ohne Fleisch. Und ohne Farbe. Ich weiß noch, ich hätte ihn gerne porträtiert. Abgezeichnet, wie er so dalag. Aber das konnte ich natürlich nicht tun.«

»Wieso nicht?«

»Es wäre mir pietätlos vorgekommen. Er hätte es nicht gemocht. Ich hätte mich an einem Wehrlosen vergangen. Ich habe ihn auch nicht fotografiert. Ich fotografiere praktisch nie. Ich zeichne lieber, wenn ich etwas sehe, das ich in Erinnerung behalten will.«

»Haben Sie Ihren Vater später aus Ihrer Erinnerung heraus gezeichnet, nachdem er gestorben war?«

»Nein. Vielleicht wollte ich ihn einfach nicht zeichnen. Als Schulkind hatte ich einmal eine Bleistiftzeichnung von ihm gemacht. Mama zeigte sie ihm, als er von der Arbeit kam. Das soll ich sein?, sagte er und lachte kurz. Wissen Sie, er hatte absolut kein Verständnis für Kunst. Das hielt er für Zeitverschwendung. Mein Lebensinhalt war für ihn Zeitverschwendung. Er war Autohändler. Ein erfolgreicher Unternehmer. Er hatte ständig irgendwelche Sachen zu tun, die Geld einbrachten. Das Autohaus Bogner in der Höttinger Au, nicht weit vom Flughafen. Das kennen Sie doch bestimmt, vom Sehen zumindest?«

»Ja, doch, ich glaube schon.«

»Eine der letzten Sachen, die mein Vater im Spital zu mir sagte, solange ich ihn noch verstehen konnte, war: ›Bald wird es nicht mehr Autohaus Bogner heißen, sondern Autohaus Neureuther.‹ Er machte mir zum Vorwurf, dass ich sein Lebenswerk nicht weiterführte. Ein Fremder musste seinen Betrieb übernehmen, weil ich mich weigerte. Das konnte er mir nie verzeihen. Ich denke, er hätte mich am liebsten enterbt. Aber das ließ die Mama nicht zu. Im Übrigen hat er sich getäuscht: Autohaus Bogner heißt es immer noch. Der Herr Neureuther, der neue Besitzer, hat den Namen beibehalten.«

»Sie sind der einzige Sohn?«

»Ein Einzelkind, ja. Ganz am Schluss übrigens, vielleicht eine Woche vor seinem Tod, wollte mir mein Vater noch etwas mitteilen. Er lag völlig entkräftet im Krankenhausbett und dämmerte vor sich hin. Ich dachte, er hätte gar nicht mitbekommen, dass ich bei ihm war. Auf einmal schlägt er die kleinen Augen auf und fixiert mich. Ich bekam fast Angst. Seine Augen funkelten. Ein paar Sekunden bloß. Dann wandte er sich ab und murmelte etwas vor sich hin. Es klang feindselig. Vielleicht bildete ich es mir ein, aber ich meinte zu verstehen, dass er mich nicht mehr sehen wolle. Er wollte nicht länger an diesen Versager erinnert werden.«

Pause.

»Wenn die Mama das jetzt hören würde! Wann immer ich ihr gegenüber anzusprechen wagte, dass mich der Vater nicht mochte, wie ich war, sagte sie: Red nicht so einen Blödsinn. Aber ich bin überzeugt davon, es stimmt. Der Vater hätte sich einen anderen Sohn gewünscht. Einen, der unter Autos kriechen und Kunden alle möglichen Sonderausstattungen hätte aufschwatzen können. Ich hingegen scheitere ja schon, wenn ich eine Schraube irgendwo hinein- oder herausdrehen muss. Irgendwann gab ich den Versuch auf, mit Mama darüber zu sprechen. Und auch meinen Vater habe ich ab diesem Tag nicht mehr besucht. Bis er gestorben war. Da hat mich dann die Mama um sechs in der Früh angerufen. Jetzt behalten wir nur die schönen Zeiten in Erinnerung, die wir mit ihm verbringen durften, sagte sie. Versprich mir das!«

»Wie war es, als Sie vom endgültigen Tod Ihres Vaters erfuhren?«

»Ich dachte an die Mama. Wie würde es jetzt weitergehen mit ihr? Aber sie war eine völlig selbstständige Frau. Innerhalb weniger Tage wurde klar: Um sie musste man sich keine Sorgen machen. Sie lebte noch einmal richtig auf. Keine zwei Monate, nachdem ihr Mann gestorben war, unternahm sie eine Reise nach Schottland. Danach buchte sie eine Kreuzfahrt mit der Hurtigruten entlang der norwegischen Küste.

Später flog sie sogar nach China und schickte mir eine Postkarte von der Großen Mauer. Der Vater hatte ja nie verreisen wollen. Ihm war Tirol genug gewesen. Als Witwe holte die Mama alles nach. Vielleicht hat sie sich dabei übernommen? Vor fünf Jahren hatte sie dann den Schlaganfall. Sie lebte allein am Mitterweg. Man fand sie nicht rechtzeitig. Doch, wirklich: Schöner kann man den Tod wohl nicht erwischen. Abends ins Bett gehen und entschlafen. Das sagte ich mir immer vor, wie gut sie es erwischt hat. Zumindest ihre letzten sieben Jahre, in denen sie sich vor niemandem rechtfertigen musste. Sie machte, was sie wollte, und eines Nachts schlief sie ein, um nie wieder zu erwachen. Ich denke oft an Mama. Sie ist mir in gewisser Weise immer ein Rätsel geblieben. Auch als sie noch lebte, war sie nicht wirklich greifbar. Noch zu ihren Lebzeiten habe ich angefangen, ihr Briefe zu schreiben, Briefe, die ich nie abschickte. Ich schrieb ihr all das, über das ich nicht mit ihr sprechen konnte. Immer noch schreib ich ihr manchmal einen Brief, eine Art Tagebucheintrag, wenn Sie so wollen, stecke ihn in ein Kuvert, adressiere es an den Mitterweg, wo die Mama bis zu ihrem Tod wohnte, und lasse es in einer Schublade zwischen anderen Notizen und Aufzeichnungen verschwinden.«

»Das ist sehr gut, wenn Sie ein solches Ritual weiterführen.«

»Ich sehe es nicht als Ritual. Es ist keine Trauerarbeit. Ich schreibe nicht regelmäßig Briefe an die verstorbene Mutter, um meine Seele zu reinigen. Ich führe nur innere Dialoge mit ihr, wenn mir der Sinn danach ist. Monologe. Mama war wortkarg, wissen Sie. Von ihr kam kaum mehr zurück als von Ihnen, wenn ich hier mit Ihnen spreche. Die Mama war der pragmatischste, trockenste Mensch, den Sie sich vorstellen können. Über Gefühle redete sie nicht. Dafür regelte sie geradlinig und fast erschreckend direkt alles, was es zu erledigen galt. All die Formalitäten nach Vaters Tod, die Verwaltung seiner Hinterlassenschaft … Und auch auf ihr eigenes Ableben war sie bestens vorbereitet. Alles war testamentarisch geregelt. Das SOS-Kinderdorf und die Ärzte ohne Grenzen werden sich sicherlich über die Spenden gefreut haben. Und auch mir ist mehr als genug geblieben. Wenn Sie so wollen, bekam ich gutes Schmerzensgeld für diese Schicksalsschläge. Geldsorgen kenne ich nicht. Ich habe mir das Atelier in der Dreiheiligenstraße gekauft, weil ich meinte, dass mir in so einem sonnendurchfluteten Dachgeschoß mehr … gelingen würde. Doch ich will Ihnen etwas sagen: Für einen Künstler ist es gar nicht gut, wenn er sich nicht um sein Einkommen kümmern muss. Das habe ich im Lauf der Jahre gelernt. Fällt dieser rein logische Antrieb weg, Geld mit seiner Kunst zu erwirtschaften, muss sich ein Künstler nur aus inneren Bedürfnissen heraus motivieren. Nichts sonst spornt ihn an. Ich beneide meine Kollegen, die darauf angewiesen sind, etwas zu verkaufen. Welche Befriedigung sie wohl erlangen, wenn es ihnen gelingt! Wenn sie es schaffen, rein durch ihre Kunst zu überleben! Nichts sonst steht ihnen zur Verfügung. Sie haben ein dringliches, klar abgestecktes Ziel. Verfehlen sie es, müssen sie hungern. Das kann ich nicht von mir behaupten. Ich bin gewissermaßen Freizeitkünstler. Für mich geht es nicht um Leben oder Tod. Ich habe alles, was ich brauche, ohne auch nur ein einziges Bild anzufertigen.«

Pause.

»Und doch arbeiten Sie, wenn ich Sie richtig verstehe, wie

besessen an Ihren Werken. Wenn es nicht ums Geld geht, worum geht es Ihnen dann?«

»Um die Sache an sich ...«

Pause.

»Um die Kunst ... und, ja, schon auch darum, dass jemand anerkennt, was ich mache. Ich meine, ich kann ja was. Ich gebe ja nicht nur vor, ein Künstler zu sein. Ich will jetzt nicht angeben, aber ... ein jeder braucht doch etwas Anerkennung, nicht? Bestätigung für das, was er tut. Wer existiert schon rein für sich? Das kann vielleicht eine Weile gut gehen, aber nicht auf Dauer.«

NICOLA PAMMER KAM an jenem 5. April nachts nicht zu Hause in Bregenz an. Es war spät geworden im Vapiano. Einige von Beas Bekannten waren Nicola durchaus sympathisch gewesen. Selbst wenn Nicola ohne Komplikationen durchgefahren wäre, wäre sie nicht vor halb zwei Uhr morgens daheim gewesen. So aber, in diesem Zustand, war nicht daran zu denken, bis nach Hause zu fahren. Sie konnte nur so viel Strecke wie irgendwie möglich zwischen sich und Innsbruck bringen.

Kurz nach Mitternacht hielt Nicola das erste Mal an. Sie hatte nun den Arlberg erreicht. Um die Mautstelle und die Überwachungskameras des Straßentunnels zu vermeiden, entschied sie, den Umweg über den Arlbergpass zu nehmen. Die sich in Serpentinen den Berg hochschlängelnde Passstraße war leer zu dieser Uhrzeit. Nicola nahm einen kleinen, unbeleuchteten Parkplatz neben der Fahrbahn. Sie fuhr, so weit es ging, zum Waldrand hin und parkte das Auto im Schutz dreier großer Fichten. Sie drehte den Motor und das Licht ab. Dann begann sie, heftig zu zittern. Kurz verlor Nicola die Kontrolle über ihren Körper. Jetzt erst entglitt ihr alles. Oh Gott, dachte sie, oh Gott, was habe ich getan! Sie brach in Tränen aus. Sie vergrub den Kopf ins Lenkrad und wollte sich vor sich und vor der Welt verstecken.

Nach einer Weile fand sie wieder zu sich. Sie hatte es bis hierhin geschafft. Sie würde auch alles Weitere schaffen. Es gab jetzt kein Zurück mehr.

Ein Kleinlaster fuhr den Berg herab. Sein Licht war weit durch die Dunkelheit zu sehen. Nicola duckte sich unter das Armaturenbrett, bis er vorne an der Passstraße vorübergefahren war. Dann öffnete sie vorsichtig die Tür und stieg aus, vergewisserte sich, dass sich niemand in der Nähe befand.

Nicolas Mutter hatte immer einen Kanister mit Benzin und einen mit Wasser im Kofferraum. Man weiß ja nie, sagte sie. Nicola nahm das Wasser und einen Lumpen und schrubbte die vordere Stoßstange ab. Soweit sie es beurteilen konnte, war kein Schaden zu erkennen. Nichts war zerbrochen, nichts abgeschlagen. Dem Mann wird nichts passiert sein. Nichts Lebensgefährliches. Hastig verstaute Nicola den Kanister wieder im Auto und fuhr weiter. Doch sie war schwach und fahrig jetzt. Mit Mühe hielt sie den Wagen auf den engen Kurven der Bergstraße.

Keine weitere Stunde hielt Nicola durch, dann war ihre letzte Energie aufgebraucht. Kaum schaffte sie es noch, sich am Lenkrad festzuhalten. Die Passstraße war mittlerweile in eine Schnellstraße übergegangen. Rechter Hand im Tal erkannte Nicola den Parkplatz eines Freibads, in dem sie vor Jahren einmal gewesen war. Das Bad war im April nicht in Betrieb. Nicht bloß nachts, auch morgens würde dieser Parkplatz leer sein. Nicola nahm die Abfahrt und stellte das Auto an der Mauer des Freibads ab. Sie drehte den Motor und das Licht ab. Schob die Rückenlehne nach hinten. Atmete tief durch, wie sie es im Yoga-Kurs gelernt hatte. Nicola versuchte, die Augen geschlossen zu halten, bis der Morgen graute. Doch unaufhörlich flackerten dieselben Bilder vor ihrem inneren Auge auf. Immer wieder dieselbe Szene. Der Knall. Das kurz aufblitzende Gesicht dieses Fußgängers. An Schlaf war nicht zu denken.

Nicola blickte auf ihr Handy. Kein verpasster Anruf. Keine Nachricht. Nichts. Das war gut. Bea und die anderen würden in diesem Moment auf irgendeiner Tanzfläche herumhüpfen oder schon zu Hause sein und dort weiterfeiern.

Es gab keine Zeugen. Es war dunkel gewesen, es hatte geregnet.

Nicola stieg aus. Ziellos streifte sie im matten Licht vereinzelter Straßenlaternen umher. Vorne an der Schnellstraße fuhr gelegentlich ein Auto vorüber, ansonsten war alles still. Ein paar Stunden bloß musste Nicola verstreichen lassen. Ihre Mutter traf sich freitagvormittags nach dem Einkauf auf dem Markt stets mit alten Freundinnen zu einem Kaffeekränzchen in der Bregenzer Innenstadt. Um acht würde Mama außer Haus gehen. Dann könnte Nicola heim, ohne sich rechtfertigen, ohne irgendwelche Fragen beantworten zu müssen. Später könnte sie behaupten, sie wäre frühmorgens in Innsbruck losgefahren. Ihr würde schon etwas einfallen. Sie hätte den ganzen Vormittag Zeit, um sich frisch zu machen und alles in

Ruhe zu überdenken. Wenn ihre Mutter mittags nach Hause kam, würde Nicola nichts mehr anzumerken sein.

■

PROTOKOLL DR. WERNER GNESSEL

THERAPEUTISCHE SITZUNG ANDREAS BOGNER,

MONTAG, 19.2.2018

»Wie geht es Ihnen heute, Herr Bogner?«

»Na ja. Was soll ich sagen … Ich habe mich komplett in meine Arbeit vertieft. Je nachdem, wie gut ich damit zurechtkomme, so gut komme ich mit mir selber zurecht. Es ist immer das Gleiche. Meine Tagesverfassung hängt an meinem Arbeitserfolg. Ist das genug?«

»Wie meinen Sie, Herr Bogner? Genug?«

»Ja, genug für ein Menschenleben. Genug Sinn. Genug Erfüllung. Reicht es, wenn einer nur seine Arbeit hat? Nur seine Arbeit mag? Sich selbst nur in seiner Arbeit mag?«

»Sagen Sie es mir.«

»Ich weiß es nicht. Manchmal denke ich: ja. Dann wieder kommt es mir erbärmlich vor. Das Leben sollte doch mehr sein als bloß Arbeiten.«

»Vielleicht ist Ihre Arbeit ja mehr als reine Arbeit, Herr Bogner? Sie haben ja keinen gewöhnlichen Job, bei dem es nur darum geht, Geld zu verdienen. Sie sind bildender Künstler. Als solcher haben Sie sich mir bei unserem ersten Gespräch vorgestellt. Sie sagten, wie wichtig es Ihnen sei, Künstler zu sein und als solcher wahrgenommen zu werden.«

»Eben, dieses Wahrgenommenwerden. Das ist es ja. Ich nehme mich selber wahr, aber wie weit tun das die anderen? Wie ernst nehmen sie mich und meine Kunst?«

»Wer, Herr Bogner? Wen genau meinen Sie mit *die anderen*?«

»Das Publikum, die Kunstszene, andere Künstler, Galeristen, Sammler, Kunstkritiker …«

»Das berufliche Umfeld also? Menschen, die wichtig für Ihre Karriere sein könnten?«

»Nicht nur.«

»Ist Ihnen die Anerkennung, die Sie von Menschen in Ihrem privaten Umfeld erfahren, ähnlich wichtig?«

»Privates Umfeld … Das vermischt sich alles … Es ist ja nicht so, dass ich einen Acht-Stunden-Tag und dann Feierabend mache und am Wochenende Ausflüge mit dem Kegelverein unternehme. Ich bin Künstler, 24 Stunden am Tag, sieben Tage die Woche. Ich kann nicht anders. Sogar wenn ich wollte. Ich kann nichts anderes sein.«

»Aber Sie haben doch auch ein privates Leben. Sie haben eine Familie.«

»Ich bin mit Astrid verheiratet. Meinen Sie das mit Familie?«

»Warum nicht?«

»Wir haben keine Kinder.«

»Ist man keine Familie, solange man keine Kinder hat?«

»Haben Sie denn Kinder, Herr Doktor? Haben Sie eine Familie?«

»Es geht hier nicht um mich. Es geht um Sie, Herr Bogner. Allein um Sie. Um Ihre Empfindungen, Erfahrungen, Meinungen.«

»Also, wenn ich ehrlich bin … Und Sie wollen ja, dass ich ehrlich bin, oder?«

»Ich bitte Sie darum. In Ihrem eigenen Interesse.«

»Astrid ist zwar meine Ehefrau. Aber in Wahrheit führen wir getrennte Leben. Etwas, das uns wirklich zusammenschweißt, fehlt. Ich glaube, Astrid sieht das ähnlich. Und ohne es direkt auszusprechen, gibt sie mir die Schuld an dieser fehlenden Tiefe. Sie wünscht sich, dass ich sie mehr liebte, als ich es tue. Dass ich mehr in unsere Beziehung investieren würde. Sie denkt, ich bin zu viel mit meinen eigenen Problemen beschäftigt. Deshalb hat Astrid ja diesen Vorschlag gemacht, dass ich einen Psychotherapeuten aufsuche. Fast alle würden das tun, sagt sie. Gerade in meinem Alter. Mit Mitte vierzig überkämen die meisten solche … Selbstzweifel. Gerade Männer hätten oft dieses angeschlagene Selbstwertgefühl. Ich aber denke nicht, dass ich Minderwertigkeitskomplexe habe. Ich hasse bloß Ungerechtigkeiten. Es gibt Künstlerkollegen, wissen Sie, die können viel weniger als ich, und trotzdem werden sie zu einer Ausstellung nach der anderen eingeladen, in Wien, Berlin, wo immer. Das ist einfach ungerecht. Ich bin kein Egozentriker, nur weil mich das ärgert. Ich bin kein Narzisst. Ich habe manchmal Wut, Ängste, Zweifel. Phasen depressiver Verstimmungen. Wer hat das nicht? Haben Sie jemals von einem glücklichen, zufriedenen Künstler gehört? Es braucht doch dieses bodenlose Schwarz, aus dem heraus etwas entsteht. Es darf nicht Ziel einer Therapie sein, dass genau das verloren geht. Ich komme nicht ungern zu Ihnen, Herr Doktor, verstehen Sie mich nicht falsch. Nicht nur auf Astrids Drängen hin. Es tut mir gut, mit Ihnen zu sprechen. Doch dieses Schwarz, das in mir steckt, will ich dennoch nicht verlieren. Ich will meine Kreativität nicht wegtherapieren. Sie ist das Wertvollste, das ich besitze.«

»Was wollen Sie dann, Herr Bogner? Wie würden Sie das Ziel der Therapie definieren?«

»Ich will das, was mich an manchen Tagen von innen her auffrisst, nicht ausradieren, sondern bändigen. Die Hochs und Tiefs, durch die ich zu gehen habe, ein wenig abfedern. Auch Astrid zuliebe. Ich würde mich gerne, ohne mich dabei zu verlieren, besser unter Kontrolle bringen. Manchmal habe ich mich nicht im Griff. Ich verfange mich in fixen Ideen. Plötzlich betrachte ich alles aus einem negativen Blickwinkel heraus und schaffe den Perspektivenwechsel nicht. Es zieht sich ein Vorhang um mich herum, und ich nehme die Außenwelt nur mehr entfernt wahr. Ich schließe mich tagelang im Atelier ein, bin aber kaum fähig zu arbeiten, sitze nur herum, zerfalle. Es bedeutet eine ungeheure Anstrengung, mich zu neuen Arbeiten zu zwingen. Was für ein Aufwand! Erst nach Tagen fange ich wieder an, Skizzen zu machen, große, kleine Bilder, Abstraktes, Konkretes, bis irgendetwas dabei ist, an dem ich mich wie an einer Rettungsleine festklammern und mich eventuell aus dem Loch in mir selbst herausziehen kann. Genauso gut aber besteht weiterhin die Möglichkeit, dass ich das nicht schaffe und für immer dort unten verschwunden bleibe. Und wissen Sie was? So erschreckend diese Aussicht ist, verschwunden zu bleiben; gleichzeitig ist es verlockend. Aus so einem Verschwinden kann man ja auch kreativen Nutzen ziehen. Ein Verschwinden kann als Erfahrung, als Inspiration dienen, etwas bewirken. Voriges Jahr mietete ich mich sogar in einem Hotel in Italien ein …«

Kurze Pause.

»Vielleicht erzähle ich Ihnen später einmal mehr davon …
Wie ist das denn genau mit Ihrer Schweigepflicht, Herr Doktor? Ist, was immer ich hier ausplaudere, bei Ihnen auch wirklich sicher?«

»Selbstverständlich besteht meine ärztliche Verschwiegenheitspflicht, Herr Bogner. Sie ist die Vertrauensbasis unserer therapeutischen Beziehung.«

»Und da gibt es keine Grenze?«

»Höchstens die Selbst- oder Fremdgefährdung. Wenn Sie mir erzählen, dass Sie jemanden umbringen wollen, dann werde ich Maßnahmen ergreifen müssen, um diese Gewalttat zu verhindern.«

»Und wenn ich Ihnen erzähle, dass ich bereits jemanden umgebracht habe?«

»Dann wäre es ja zu spät, um noch einzugreifen. Dann könnte ich und dürfte ich nichts mehr unternehmen.«

■

VERKEHRSUNFALL IN INNSBRUCK – FAHRERFLUCHT
Landespolizeidirektion Tirol, Freitag, der 6. April 2018 –
06:48 Uhr
Innsbruck Stadt
Presseaussendung der Polizei Tirol
Am Kaiserschützenplatz in Innsbruck/Wilten wurde am
05.04.2018 in der Zeit zwischen 23:00 und 23:30 Uhr ein
53-jähriger Innsbrucker beim Überqueren der Leopoldstraße
von einem PKW angefahren und an den Gehsteigrand ge-
schleudert. Der derzeit unbekannte PKW-Lenker setzte seine

*Fahrt ohne anzuhalten fort. Das Unfallopfer blieb bewusstlos
am Straßenrand liegen und wurde mit lebensbedrohlichen
Verletzungen ins Landeskrankenhaus Innsbruck eingeliefert.
Zeugenaufruf: Die Verkehrsinspektion Innsbruck ersucht
um Hinweise aus der Bevölkerung.
Bearbeitende Dienststelle: Verkehrsinspektion Innsbruck
Tel.-Nr.: 059133 – 7591
LPD-T-Oeffentlichkeitsarbeit@polizei.gv.at
Polizei Tirol – Presse*

∎

KURT NIEDERER WAR 1964 in Innsbruck geboren worden.
Anfang der 1990er Jahre war er nach Wien übersiedelt, wo er
sich als Kunstkritiker und Kurator einen Namen machte. Seine pointierten Artikel sowie eine wöchentliche Kolumne verhalfen ihm im Feuilleton zu einem solchen Ruf, dass er 2010
als aussichtsreichster Kandidat für die Stelle als Leiter des
Kulturressorts einer angesehenen Tageszeitung gehandelt
wurde. In letzter Instanz erst erreichte ihn eine überraschende und in seinen Augen nicht nachvollziehbare, ungerechtfertigte Absage. Niederer scheute daraufhin nicht davor zurück,
über die »immer gleichen Schiebereien innerhalb des engen
Wiener Kunstklüngels« zu wettern. Wenige Monate später
zog er wieder in seine Geburtsstadt.

Andreas Bogner hatte des Öfteren von Niederer gehört
und Artikel von ihm gelesen. Erst im April 2017 aber trat
er ihm das erste Mal gegenüber. Niederers Name war Bogner auf der Liste der Jurymitglieder sofort aufgefallen, und es

hatte ihn motiviert, dass sich ein angesehener Kritiker mit ihm auseinandersetzen würde, als er sein Projekt »Kommen / Gehen« bei einem offenen Kunst-am-Bau-Wettbewerb einreichte.

In einer kleinen Stadt wie Innsbruck gab es kaum Möglichkeiten, sich in weiterreichenden Kunstkreisen zu etablieren. Bogner hätte nach Wien ziehen müssen, nach Zürich oder Berlin. Doch er mochte diese Städte nicht, auch wenn es dort mehr Sammler und Kunstgalerien gab. Bogner hoffte, einen eigenen Weg gehen zu können. Er wollte nicht in einer der Kunstmetropolen agieren, sondern sich aus dem Abseits heraus einen Namen machen. Er wollte Kunstwerke erschaffen, die sich rein aufgrund ihrer Qualität, mochten sie auch aus dem hintersten Kaff stammen, auf dem internationalen Kunstmarkt durchsetzten. Bogner war durchdrungen von dem Gedanken, Außergewöhnliches zu erbringen.

Nun wurde die Innsbrucker Sparkassenpassage neu gestaltet. Eine der seltenen Chancen für einen heimischen Künstler, sich Aufmerksamkeit zu verschaffen, eröffnete sich. 50 000 Euro wurden im Zuge des Umbaus für ein künstlerisches Projekt im öffentlichen Raum zur Verfügung gestellt. Über hundert Einreichungen gab es, eine davon Bogners multimediale Installation. Hatte er sich bis dahin ausschließlich als bildender Künstler betätigt, wollte er nun die Stifte beiseitelegen und etwas anderes versuchen. Für das Kunst-am-Bau-Projekt fertigte Bogner nicht von Hand Zeichnungen an, sondern ein Computerprogramm übernahm das Erstellen der Grafik. Bogner hatte einen Programmierer engagiert.

»Das kann ich Ihnen mit C++ schreiben. Mit Open Frame Works ist das kein Problem«, sagte der junge Mann. »Wir erzeugen SVGs, lassen die Koordinaten berechnen und wandeln die Vektorgrafiken schließlich in Pixelanimationen um. Das sollte funktionieren.«

Bogner plante eine ununterbrochen und auf unbestimmte Zeit laufende, in Echtzeit berechnete Computeranimation, die die fortschreitende Zunahme der Weltbevölkerung bildlich darstellte. Auf einer Videowand, die aus zwanzig HD-Monitoren bestand, wurde die Weltbevölkerung als Meeresspiegel dargestellt. Jeder neugeborene Mensch erschien in Echtzeit als Wassertropfen am oberen Rand, fiel ins animierte Menschenmeer hinab und ließ den Wasserspiegel somit, wenn auch unmerklich, ansteigen. Gleichzeitig wurde jeder sterbende Mensch als Verdunstungsbläschen dargestellt, das sich von der Meeresoberfläche ablöste und den Wasserspiegel dementsprechend sinken ließ. Da mehr Wasser ins Meer tropfte, als sich aus ihm löste, war über einen längeren Zeitraum zu erkennen, wie der Wasserspiegel anstieg und sich einer kritischen Marke näherte. Diese Markierung trug Bogner in eine fiktive Küstenlandschaft ein, die er am Rand des Meeres entwarf.

In einem streng katholischen Land wie Tirol hatte Bogner durchaus mit Widerstand gegen diese »Kommen / Gehen«-Installation gerechnet. Trotzdem hatte er das Projekt akribisch durchgeplant und samt detaillierter technischer Beschreibung und Kostenaufstellung eingereicht. Er schaffte es in die zweite Runde des Wettbewerbs, in die enge Auswahl von drei finalen Bewerbern. Daraufhin bereitete sich Bogner noch pedantischer auf die Präsentation vor. Die Jurymitglieder würden ihn mit inhaltlichen, konzeptionellen, vor allem mit Fragen zur technischen Umsetzung löchern. Bogner meinte, auf alles gefasst zu sein. Er betrat den Konferenzraum im Amt der Tiroler Landesregierung und nahm auf einem Stuhl den fünf Jurymitgliedern gegenüber Platz. Ihre Augen musterten ihn weder in besonders unterkühlter noch herzlicher Weise. Bogner wusste die Intentionen dieser Frauen und Männer nicht einzuschätzen. Seine Stimme drohte zu versagen, als er das Projekt zu beschreiben begann. Die Finger, mit denen er den Laptop bediente, zitterten zuerst so heftig, dass er kaum das Mousepad bedienen konnte. Doch nach und nach legte sich die Nervosität. Allmählich gewann Bogner an Sicherheit. Nach einer Weile meinte er sogar zu erkennen, wie sich die Stimmung im Raum ihm und seinem Vorhaben gegenüber lockerte. Plausibel erklärte er die Herstellungskosten. Gekonnt zerstreute er Vandalismus-Bedenken. Gegen Ende der Vorstellung fuhr ihm dann der bis dahin wortlos gebliebene, am Rand sitzende Kurt Niederer ins Wort.

»Sind Sie Rassist, Herr … Wie war noch mal der Name? … Bogner?«, fragte er plötzlich.

»Wie bitte?«

»Sie werden meine Frage verstanden haben. Ich habe mich klar und deutlich ausgedrückt.«

»Nein«, sagte Bogner.

»Was: *Nein*?«

»Nein, ich bin kein Rassist.«

»Es macht aber genau diesen Anschein, und ich glaube nicht, dass es im Interesse der Stadt Innsbruck ist, die sich als Touristendestination um ein weltoffenes Image bemüht, eine derartig banale, schwarz-weiß denkende *Kunst*installation mitten im Stadtzentrum anzubringen.«

»Ich verstehe nicht ganz, entschuldigen Sie … Wie meinen Sie das?«

»Lieber Herr Bogner, ich werde wohl nicht der Einzige sein, der sich wegen des maßlosen Pathos, mit dem Sie Ihre Arbeit aufgeladen haben, an den Kopf greift. Ihre Installation ist ein erhobener Zeigefinger. Der Wink eines Künstlers, der mehr zu wissen meint als seine Mitmenschen. Eine prophetische, ja biblische Warnung sprechen Sie mit diesem … Kunstwerk … aus. Es fehlt nicht viel, dann würde ab einem bestimmten Zeitpunkt auch noch die Arche Noah auf Ihrem digitalen Meer auftauchen und die guten, braven, weißen Seelen retten, während die anderen, die das Meer schwarz färben und es bis über die Ufer der infantil dargestellten Küstenlandschaft treten lassen, den scheinbar verdienten Tod durch Ertrinken finden. RGB 000 verwenden Sie, tiefes Schwarz, auf das haben Sie sehr deutlich hingewiesen, um die unaufhörliche Flut darzustellen, die in Form schwarzer Tropfen übers Meer zu uns kommt und uns untergehen lassen wird. Könnte man die Metapher überhaupt noch deutlicher gestalten? Die schwarze Welt vermehrt sich viel zu schnell! Darüber hinaus scheinen Sie nicht nur die Bevölkerungsexplosion auf dem afrikanischen Kontinent und eine daraus resultierende Migration in den Norden zu beklagen, sondern Sie suggerieren gar die Möglichkeit der Euthanasie, die weißen Luftbläschen zerplatzen viel zu langsam. Nicht nur weniger schwarze Tropfen müssten auf uns niederregnen, auch mehr unbrauchbar gewordene Bläschen müssten zerplatzen, um die sich zuspitzende Überbevölkerung unseres Planeten einzudämmen. Das ist die Aussage dieser Installation, soweit ich sie verstehen kann. Ich denke, mir eine nähere Analyse Ihrer ästhetischen Umsetzung, die an veraltete Kindertrickfilme erinnert, sparen zu können.«

Bogner verkroch sich infolge dieser Projektpräsentation wochenlang in seinem Atelier. Draußen erreichte der Frühling seinen Höhepunkt. Was blühen konnte, blühte. Pollen schwebten an Bogners Fenster vorbei. Innerhalb weniger Tage hatte der riesige Kastanienbaum im Innenhof ausgeschlagen, frische grüne Blätter ließen ihn nahezu doppelt so groß erscheinen als zuvor. Doch der Frühling hatte Bogner noch nie neue Lebenskraft verliehen. Im Gegenteil, Bogner fand es geradezu albern, wie Menschen, Tiere, Pflanzen den Frühling herbeisehnten und sich daran erquickten. Je fröhlicher die Umwelt wurde, desto mehr verdunkelte sich Bogners Gemüt. Besonders in diesem Frühjahr 2017. Schon als er den Präsentationssaal geduckt wie ein gescholtener Hund verlassen hatte, hatte er erkannt, wie das Gefühl von Unehre und Scham auf ihm lastete. Er war verletzt. In den kommenden Tagen und Wochen steigerte sich sein Unbehagen dermaßen, dass er kaum wagte, Astrid in die Augen zu blicken, derart ungenügend und wie ein Versager kam er sich vor. Der geschmähte Bogner ging seiner Frau aus dem Weg, soweit er konnte. Wenn sie nach dem Kunst-am-Bau-Projekt fragte, antwortete er, dass er schriftlich darüber informiert werden würde. Das könne dauern, aber er mache sich keine großen Hoffnungen. Es sei besser, sie redeten nicht weiter davon.

Wenn Bogner Tage und Nächte im Atelier blieb und behauptete, krank zu sein, so war das nicht gelogen. Körperliche Beschwerden quälten ihn. Mal waren es so heftige Rückenschmerzen, dass er morgens kaum vom Schlafsofa kam, dann wieder meinte er, das Herz setzte aus, oder es überkamen ihn Schwindelanfälle. Stieg Bogner die Treppen in den vierten Stock hoch zu seinem Atelier, musste er sich setzen und minutenlang verschnaufen. Am meisten aber beeinträchtigten ihn die Migräneanfälle, die ihn mindestens einmal pro Woche dazu zwangen, mitten am Tag die Vorhänge zuzuziehen, sich hinzulegen und darauf zu warten, bis das Aspirin Akut Wirkung zeigte.

■

DER FRÜHNEBEL ZOG über den Parkplatz am Freibad, wo Nicola das Auto abgestellt hatte. Nicola war froh darüber, dass der Nebel alles verhüllte. Sie hatte praktisch keinen Schlaf gefunden in dieser Nacht. Nun aber brach hinter dem Nebel ein neuer Tag an. Genügend Zeit war vergangen.

Als es hell genug wurde, inspizierte Nicola den Wagen erneut. Sie erkannte eine leichte Ausbeulung an der vorderen Stoßstange. Die Abdeckung hing ein wenig zur Seite. Vielleicht tat sie das schon seit langem? Auch die Delle auf der Motorhaube, die Nicola entdeckte, musste nicht neu sein. Ihre Mutter achtete nicht auf Derartiges. Sie mochte Autos grundsätzlich nicht und redete oft davon, wie sehr sie sich wünschte, eine Welt zu erleben, in der es keine Autos mehr gab.

»Hoffentlich geht das Erdöl früher aus, als sie denken«, sagte Mutter hin und wieder.

Nicola fand, dass sie sich viel zu sehr über alles aufregte.

»Es ist nicht alles schlecht, was in der Welt passiert«, sagte sie.

»Das sage ich ja nicht. Aber Autos sind schlecht. Die machen alles kaputt, die Natur, die Luft, das Klima ...«

»Du bist ein alter Hippie, Mama.«

»Aber es stimmt doch. Stell dir eine Welt ohne diese Karren vor. Statistisch gesehen kommt bei uns fast auf jeden Einwohner ein PKW. Wenn du die in Österreich gemeldeten Autos auf einer Straße hintereinander aufstellen würdest, ergäbe das eine Blechschlange, die von hier bis nach Tokio und wieder zurück reicht! Das ist doch krank. Oder etwa nicht?«

»Du hast auch eines, Mama. Auch du reihst dich mitten in diese Kolonne ein.«

»Stimmt. Doch wer weiß, wie lang die Kiste noch fährt? Krieg ich nächstes Jahr kein Pickerl mehr, wird es mein letztes Auto gewesen sein. Dann musst du in Zukunft den Zug nehmen, wohl oder übel. Das wird besser sein für den Planeten. Vor allem du verwendest dieses Auto, mein Schatz.«

Mutters Wagen war ungepflegt. Innen wie außen. Es war keine abwegige Idee, damit in die Waschstraße zu fahren. Nicolas Mutter hatte diesen Ford, den sie vor Jahren gebraucht gekauft hatte, noch nie gewaschen. Die Wäsche erledigte der Regen, behauptete sie.

»Solange noch Regen fällt und das Klima noch nicht endgültig gekippt ist.«

Bei Dornbirn bog Nicola von der A14 ins Gewerbegebiet ab. Um diese Uhrzeit, freitagmorgens, war sie die einzige Kundin des IMO-Car-Wash-Centers.

»Samt Unterbodenwäsche, mit allem, bitte.«

»Wachsversiegelung auch?«

»Ja, Wachsversiegelung auch.«

Danach war das Auto fast nicht wiederzuerkennen.

Um neun Uhr kam Nicola in Bregenz-Vorkloster an. Sie stellte das Auto nicht wie üblich in den Carport des Einfamilienhäuschens in der Ankerstraße, sondern zwei Häuserblocks davon entfernt in der Fischerstraße ab.

Sie sperrte die Haustür auf und rief nach dem Eintreten zur Sicherheit:

»Hallo! Mama?«

Niemand zu Hause. Johanna in Wien, Vater auf Dienstreise, Mutter beim Kaffeekränzchen.

Nicola hängte den Autoschlüssel an das Schlüsselbrett neben der Wohnungstür und ihre Jacke in den Schrank. Sie huschte die Treppe hinauf, legte die Sachen in ihrem Zimmer ab, duschte sich, zog sich um. Danach legte sie sich auf ihr Bett, mit dem Handy in der Hand, ein bisschen chillen, das Übliche also. Wenn Mutter heimkam, würde sie nicht verwundert sein.

Nicola aber browste diesmal nicht durch irgendwelche Webseiten, die sich mehr oder weniger zufällig auf dem Display öffneten, sondern suchte gezielt nach aktuellen Meldungen der Tiroler Polizei. Auf einem News-Reader stieß sie auf eine zweite Presseaussendung dieses Tages über einen Verkehrsunfall in Innsbruck mit Fahrerflucht.

Zeugen dieses Vorfalles mögen sich bei der Verkehrsinspektion Innsbruck unter der Tel.-Nr.: 059133–7591 melden.

Ein Passant war leicht verletzt worden. Unter der unspektakulären Meldung war ein Symbolfoto mit dem Titel »Polizeieinsatz« eingefügt, das einen parkenden, leeren Polizeiwagen zeigte.

Nicola atmete auf.

Was für ein Glück, dachte sie.

■

BOGNER LITT IM Frühjahr 2017 dermaßen unter Niederers Ablehnung, dass sich Astrid ernsthafte Sorgen um seine seelische Gesundheit machte und sich nach einem geeigneten Psychotherapeuten für ihn umhörte. Sie mutmaßte, die allgemein negative Sichtweise, die ihr Mann annahm und die sich auf seine körperliche Verfassung niederschlug, wäre auf ein Burn-out zurückzuführen. Er steigerte sich zu sehr in seine Arbeit hinein. Er nahm alles, was mit seinem künstlerischen Schaffen zu tun hatte, viel zu ernst.

Astrid wagte kaum, das Thema anzusprechen. Und als sie sich dazu überwand, brachte es nichts. Bogner blockte ab. Astrid ortete eine Midlife-Crisis.

»In deinem Alter hat fast jeder Mann damit zu kämpfen.«

»Womit?«

»Mit dem Älterwerden. Mit dem Erfolg, der ihm vielleicht verwehrt bleibt, und mit der Geringschätzung, die ihm scheinbar widerfährt.«

Eine Weile spielte Bogner mit dem Gedanken, die Installation komplett umzugestalten. Doch was immer er änderte, wegließ oder hinzufügte, es fiel ihm auf, dass er im Grunde nicht aus eigener Überzeugung handelte, sondern um dem Kunstkritiker Kurt Niederer zu gefallen. Wahrscheinlich hat Niederer recht, dachte Bogner im Stillen. Niederer hätte seine Kritik zwar milder ausdrücken können, aber Bogner erkannte einen wahren Kern in ihr. Er überlegte, mit welchen Änderungen oder welchen zukünftigen Projekten die Gunst Niederers zu gewinnen wäre. Etwas in ihm sehnte sich danach, bei dieser strengen Instanz Gefallen zu finden. Ein Lob Niederers würde eine wahre Bestätigung für Bogners Arbeit sein. Diesen unbeeinflussbaren Kritiker für sich zu gewinnen. Ihn eines Besseren zu belehren. Ihn vom künstlerischen Wert seines Schaffens zu überzeugen.

Im selben Augenblick ekelte es Bogner vor sich selbst. Seine Motivation war offensichtlich nicht, freie Kunst aus eigener Überzeugung zu erschaffen, sondern etwas Berechnetes zu produzieren, um einen Fremden damit zu beeindrucken. War er drauf und dran, seine Unabhängigkeit zu verlieren? Bogner kam es vor, als verrate er die Kunst und missbrauche seine Begabung. Er buhlte um Anerkennung von außen, gierig auf Erfolg.

Für »Kommen/Gehen« jedenfalls war es zu spät. Selbst wenn er den Zuschlag bekommen hätte, er hätte abgelehnt. Dieses Projekt, das kurz zuvor seine ganze Energie und Leidenschaft beansprucht hatte, widerte ihn mittlerweile an. Es hätte ihm Genugtuung bereitet, die Realisierung aus freien Stücken abzusagen. Doch dazu kam es nicht. Bogner bekam weder die Chance, sich zu rechtfertigen, noch das Projekt zurückzuziehen. Die Kommission meldete sich nie wieder bei ihm. Erst aus der Zeitung erfuhr Bogner, dass die künstlerische Gestaltung der Sparkassenpassage ein in Wien lebender Tiroler Künstler übernahm, den er vom Hörensagen kannte. Dieser Kollege hatte zwar weder mehr Talent noch bessere Ideen als Bogner, aber er war gut vernetzt in der hiesigen Kunstszene. Er hatte bislang wenig verkauft, lebte von öffentlichen Unterstützungen, darbte am Existenzminimum dahin und galt gerade deshalb als förderungswürdig.

Die meisten meiner Förderansuchen sind bislang wohl abgelehnt worden, sinnierte Bogner, nicht weil meine Einreichungen schlecht gewesen wären, sondern weil ich den Grundsatz der Bedürftigkeit nicht erfüllte.

Noch im Sommer desselben Jahres begannen die Aufbauarbeiten einer zwanzig Meter langen Lichtinstallation in der Sparkassenpassage. Tausend computergesteuerte, auf einem schwarzen Raster ausgerichtete Lichtpunkte stimmten rote und grüne Farben auf den Tages- beziehungsweise Nachtanteil des jeweiligen Kalenderdatums ab. Bogner ging, wenn er durch die Passage zu gehen hatte, teilnahmslos an diesem Werk vorbei. Hier hätte mein rassistisches Statement über Jahre, Jahrzehnte hinweg Passanten irritieren können, dachte er im Stillen. Hätte nicht Niederer mich daran gehindert. Wahrscheinlich sollte ich ihm dankbar sein.

Schließlich zog Bogner einen Strich unter diese Episode. Eine neue Idee reifte in ihm heran. Er begann sich für die Kunst des Uhrwerkzeichnens zu begeistern. Tausende letztendlich unsichtbare Bestandteile griffen im Inneren einer Uhr ineinander. In der Geschichte des Uhrenhandwerks erschuf der Mensch in größtmöglicher Präzision die unglaublichsten Meisterwerke. Doch in ihren glänzenden Hüllen blieben diese kleinen Wunder vor den Blicken der Außenwelt verborgen. Bogner spielte mit dem Gedanken, diese allerhöchste Komplexität mit abertausenden Tuschestrichen vergrößert auf Papier sichtbar zu machen. Eine Serie mit dem Titel »Zeit« könnte entstehen, die das Zusammenspiel von Kettenrädern, Federhäusern, Gesperren, Ankerhemmungen, feinsten Rädern und filigransten Trieben in einer Entwicklungsstufe nach der anderen dokumentierte. Ein Uhrwerk nach dem anderen, chronologisch sortiert. Wie würde Kurt Niederer wohl über einen solchen Zyklus urteilen? Er würde ihn kaum an altmodische Kindertrickfilme erinnern. Inhaltlich jedoch … wäre es nicht eine allzu vage Aussage, rein auf die handwerklichen Fähigkeiten des Menschen hinzuweisen?

Noch stärker als zu »Zeit« fühlte sich Bogner jedoch zu einem Kunstprojekt hingezogen, das er noch im Sommer in Angriff nehmen wollte und unter dem Arbeitstitel »Im Dazwischen« führte. Eventuell würde diese Arbeit, die nichts Geringeres als die äußerste Grenze des menschlichen Daseins auszuloten gedachte, seine letzte werden. Doch sollte es ihm gelingen, das, was ihm vorschwebte, mit Kohlestift auf Büttenpapier umzusetzen, würde er mit derartig kompromissloser Radikalität selbst einen Kurt Niederer zu beeindrucken wissen.

■

»HALLO SCHATZ!«

Nicolas Mutter erkannte sofort, dass ihre Tochter nach Hause gekommen sein musste.

»Das ist ja eine Überraschung. Ich dachte, du kommst erst heute Abend?«

Sie rief von der Eingangstür bis hinauf in den ersten Stock.

Nicola schreckte in ihrem Zimmer hoch. Sie war auf dem Bett kurz eingeschlafen. Einen Moment lang wusste sie gar nicht, wo sie war, erinnerte sich gar nicht, was geschehen war. Doch alles kam rasch zurück, unausweichlich.

Schon stand Mutter in der Zimmertür.

»So früh schon hier, Schatz?«

»Eine Vorlesung ist ausgefallen. Da dachte ich, ich fahr gleich, bevor der Wochenendverkehr losgeht.«

»Schön, dass du da bist.«

Ihre Mutter drückte ihr einen Kuss auf die Wange.

»Ich mach mittags Gemüselaibchen mit Naturreis. Du hast sicher Hunger.«

»Ein bisschen.«

»Dann muss ich nicht allein essen. Der Papa ist in London, weißt du. Auf Dienstreise. Das Übliche …«

»Wann kommt er zurück?«

»Mitte nächster Woche. Sie haben eine Leuchten-Ausstellung irgendwo in England. Er bleibt wieder mal übers Wochenende.«

»Und die Johanna?«

»Was soll mit der Johanna sein? Die ist in Wien.«

»Ich meine, hat sie sich vielleicht fürs Wochenende angekündigt?«

»Schön wär's. Dein Schwesterchen ist das ganze Semester noch kein einziges Mal heimgefahren.«

Nicola ging ins Badezimmer und machte sich frisch. Als sie hinunter in die Küche kam, stand ihre Mutter am Herd. Im Radio lief das Mittagsjournal. Kanzler und Vizekanzler machten sich für ein generelles Kopftuchverbot an Schulen stark, und Viktor Orbán warnte im Vorfeld der ungarischen Wahlen vor der drohenden Zerstörung des christlichen Abendlandes.

»Deine Zuversicht in die Menschheit wird nicht steigen, wenn du dauernd Nachrichten hörst«, sagte Nicola.

»Wo ist denn das Auto?«, fragte ihre Mutter.

»Das Auto? … Ich habe es in der Fischerstraße geparkt. Da war gerade ein Platz frei. Ich dachte, es ist einfacher, wenn ich es dort hinstelle.«

Ihre Mutter blickte sie verwundert an.

»Ich hol's später rüber und stell es in den Carport. Mach dir keine Sorgen.«

»Ich mach mir keine Sorgen. Es kann nur sein, dass ich am Nachmittag noch einkaufen muss.«

»Mit dem Auto?«

»Die ganze Blumenerde mit dem Fahrrad …«

»Ich kann dich begleiten, wenn du willst?«

»Wohin?«

»Zum BayWa oder so.«

»Wie bitte?«

»Ich dachte, ein bisschen Frischluft …«

»Gut möglich, dass es wieder zu regnen anfängt. Dann wird das Auto wenigstens gewaschen, wenn es auf der Straße steht. Die Gemüselaibchen sind gleich fertig. Deckst du den Tisch?«

»Das Auto ist schon gewaschen, Mama.«

Nicola sprach so beiläufig wie möglich. Sie holte zwei Teller aus dem Schrank und stellte sie auf den Tisch.

»Ich bin am Weg bei einer Waschstraße vorbeigekommen, da dachte ich, ich lass es mal gründlich sauber machen.«

»Das hast du im Leben noch nie getan.«

»Weißt du, wenn das Auto tagelang in Innsbruck rumsteht … Ich werde es übrigens in nächster Zeit kaum verwenden. Das Parken in der Stadt ist dermaßen kompliziert. Ich fahr lieber mit dem Zug.«

Nicolas Mutter stellte die Pfanne auf dem Tisch ab und setzte sich.

»Würden bloß alle so denken«, sagte sie.

»Ich dachte mir schon, dass dich das freut.«

Nicola füllte Leitungswasser in eine Karaffe.

»Setz dich her, mein Schatz«, sagte ihre Mutter. »Und erzähl mir endlich, was passiert ist.«

»Die Mama merkt alles«, hatte Johanna, Nicolas zwei Jahre ältere Schwester, sie schon als Volksschülerin gewarnt. »Mit dem Papa hast du keine Probleme. Der kriegt nichts mit. Aber bei der Mama musst du alles genau durchplanen. Was immer du der erzählst, musst du dir vorher ganz genau vorstellen, so lange, bis du es selber glaubst. Sonst hast du keine Chance.«

Als Kind war Nicola immer daran gescheitert, ihrer Mutter etwas zu verheimlichen. Tagelang hatte Nicola behauptet, die Handschuhe, die sie verloren hatte, in ihrer Jackentasche zu haben. Lieber hatte sie an den Fingern gefroren, als den Verlust zuzugeben. Ihre Mutter hatte Nicola eine Weile lang frieren lassen und schließlich neue Handschuhe gekauft und ihr diese mit einem wissenden Lächeln gegeben. Johanna hingegen war sogar mit Ladendiebstählen durchgekommen, ohne dass Mutter es gemerkt hatte. Die Halskette mit dem kleinen Delphin habe ihr eine Schulfreundin geschenkt. So etwas konnte Johanna der Mutter eiskalt ins Gesicht sagen. Oder sie behauptete, bei einer Freundin zu schlafen, und fuhr stattdessen per Anhalter zu einer Party nach Zürich. Nicola hätte das früher nicht geschafft. Doch inzwischen war sie kein Kind mehr. Sie hatte sich einen Plan zurechtgelegt. Nun musste sie nur selber fest daran glauben und alles andere vergessen. Alles würde harmloser erscheinen, als es tatsächlich war.

Nicola zog einen Stuhl vom Tisch weg und setzte sich ihrer Mutter gegenüber. Sie umfasste ihre Hände.

»Mama«, sagte sie.

Die Tränen kamen ganz von allein.

»Es ist etwas Schreckliches passiert.«

Sie vergrub ihren Kopf im Schoß der Mutter. Diese strich ihr liebevoll über das lange kastanienfarbene Haar.

»Was ist geschehen, mein Schatz? Hast du einen Unfall gehabt?«

»Ja.«

»Ist das Auto kaputt?«

»Ein bisschen.«

»Solange dir nichts passiert ist, ist alles halb so schlimm.«

»Doch es ist schlimm, Mama.«

»Blödsinn. Wie dieses Auto aussieht, das weißt du, ist mir so was von egal.«

»Das Auto ist nicht das Problem. Aber ich habe jemanden angefahren, einen Fußgänger.«

»Wo?«

»In Innsbruck. Gestern Abend.«

»Gestern am Abend? Ist er verletzt?«

»Nicht schwer, glaube ich. Ich bin … nicht stehen geblieben.«

»Was?«

»Ich war im Schock! Der sprang mir plötzlich vors Auto. Es machte einen furchtbaren Krach. Dann bin ich einfach weitergefahren.«

»Bist du wahnsinnig? Wo war das?«

»In der Stadt. Nicht weit von der Uni. Mama, ich konnte nicht mehr klar denken, ich wollte einfach nur weg, so schnell wie möglich. Ich bin zur Autobahn gefahren und direkt weiter nach Vorarlberg. Ich glaube nicht, dass mich jemand gesehen hat.«

»Das ist Fahrerflucht!«

»Das weiß ich auch!«

»Wenn jemand die Nummer notiert hat …«

»Es war grausliches Wetter, Nieselregen, dunkel, es war praktisch niemand unterwegs. Ich weiß auch nicht, woher dieser Typ kam. Er war plötzlich da. Aber die Kennzeichenbeleuchtung hinten funktioniert nur halb. Niemand hätte die Nummerntafel lesen können.«

»Du musst dich bei der Polizei melden.«

»Ich weiß nicht …«

»Je früher, desto besser. Du weißt ja nicht, was dem Fußgänger passiert ist. Vielleicht ist er schwer verletzt? Die werden eine Fahndung ausschreiben.«

»Mama, bitte, beruhig dich. Er ist nicht schwer verletzt. Ich hab nachgeschaut. Auf dem News-Reader der Polizei ist der Unfall schon gemeldet. Es heißt, er habe sich Prellungen zugezogen. Mehr nicht.«

Nicola zog das Handy aus der Tasche und zeigte ihrer Mutter den Screenshot, den sie vorhin in ihrem Zimmer gemacht hatte.

Verkehrsunfall in Innsbruck – Fahrerflucht war zu lesen.
Landespolizeidirektion Tirol, Freitag, der 6. April 2018 –
07:54 Uhr
Innsbruck Stadt
Presseaussendung der Polizei Tirol
Beim Überqueren der Fahrbahn am Innrain Nähe Mandels-

bergerstraße am 05.04.2018 in der Zeit zwischen 21:30 und 22:00 Uhr wurde ein 31-jähriger Innsbrucker von einem derzeit unbekannten Kfz-Lenker erfasst und zu Sturz gebracht. Der unbekannte Fahrzeuglenker hielt sein Fahrzeug kurz an, setzte seine Fahrt folglich, ohne den gesetzlichen Bestimmungen zu entsprechen, fort. Bei dem beteiligten Fahrzeug handelte es sich laut Unfallopfer um einen dunkelfarbigen PKW. Der Mann zog sich bei dem Unfall leichte Verletzungen (Prellung Bereich Oberschenkel u. leichte Beschwerden im HWS-Bereich) zu. Zeugen dieses Vorfalles mögen sich bei der Verkehrsinspektion Innsbruck unter der Tel.-Nr.: 059133–7591 melden.

»Du sagtest doch, du seist heute früh losgefahren?«

»Nein. Ich bin gestern Abend losgefahren. Ich hab im Auto übernachtet, weil ich mich gar nicht heim traute. Es tut mir alles so leid, Mama!«

»Hier steht, der Fahrer habe kurz angehalten …«

»Natürlich habe ich abgebremst. Vielleicht bin ich fast stehen geblieben. Aber dann bin ich einfach weitergefahren. Ich weiß, das hätte ich nicht tun dürfen. Es war falsch, falsch, falsch.«

»Hast du Alkohol getrunken? Warst du betrunken?«

»Nein. Ich trinke nie, wenn ich das Auto nehme. Das weißt du.«

»Ach, Schatz …«

Nicolas Mutter schüttelte den Kopf.

»Was machst du denn für Sachen … Scheißautos …«

Eine Weile schwiegen die beiden.

Dann richtete die Mutter Nicola auf und blickte ihr tief in die Augen.

»Aber du hast recht …«, sagte sie.

Sie sprach nun ruhig und eindringlich. Beinahe flüsterte sie.

»Die wissen praktisch nichts von dir. Dunkelfarbiger PKW, was soll das schon heißen … leichte Verletzungen … Du hast wohl Glück im Unglück gehabt.«

Langsam erhob sich die Mutter.

»Wenn dich niemand erkannt hat …«, sagte sie, »und praktisch nichts passiert ist … Wir wären ja dumm, würden wir uns stellen.«

Sie sagte *wir*. Sie sprach nun von sich und ihrer Tochter. Es war gelaufen, wie es sich Nicola nur wünschen hatte können. Mutter übernahm die Verantwortung. Von nun an würde sie die Dinge regeln.

»Wo genau ist dir der Mann ins Auto gelaufen?«, fragte die Mutter.

»Vorne rechts.«

»Ich hol den Wagen, dann schauen wir uns die Sache genauer an. Rühr du dich erst mal nicht vom Fleck.«

Die Mutter nahm den Autoschlüssel vom Schlüsselbrett und zog ihre Slipper an.

»Danke, Mama«, sagte Nicola. »Ehrlich. Du weißt nicht, wie dankbar ich dir bin.«

Ihre Stimme zitterte.

IM SOMMER 2017 reiste Andreas M. Bogner, ohne jemandem Bescheid zu geben, eines Morgens mit dem Zug nach Genua. Kunst hatte ein Risiko in Kauf zu nehmen, lautete seine Überzeugung. Es musste um Leben oder Tod gehen, sonst blieb sie an der rein ästhetischen Oberfläche kleben, wurde belanglos, beliebig. Die Idee, sein Leben im Rahmen künstlerischer Arbeit zu verlieren, es ganz dafür hinzugeben, war für Bogner nicht abschreckend. Er war bereit, eine Schwelle zu übertreten. Vielleicht würde er nicht zurückkehren, dafür aber einzigartige Bilder hinterlassen? Die Grauzonen, von denen in Nahtoderfahrungen berichtet wurde, waren nicht fotografierbar. Als Kohlezeichnungen aber könnten sie darstellbar sein.

Bogner hatte alles lange geplant und vorbereitet. Er achtete darauf, keine Spuren zu hinterlassen. Im Hotel Miramare direkt an den Hafenanlagen Genuas aber checkte er unter seinem richtigen Namen ein. Die Hotelleitung sollte im Nachhinein zuordnen können, wer das Doppelzimmer im dritten Stock mit Blick auf die Landungsbrücken angemietet hatte. Ein abgelegenes Zimmer, ideal für Bogners Anforderungen. Er prüfte die Tür zum Badezimmer. Sie ließ sich fest verschließen. Auch die gläserne Balkontür, die auf einen winzigen Balkon führte, dichtete ausreichend. Ebenso die Zimmertür selbst. Ein kleiner, abgewinkelter Eingangsbereich führte in das Hotelzimmer. Es gab keinen Rauchmelder. Bogner würde in diesem Zimmer seine Ruhe haben. Niemand würde stören. Er verschob das Doppelbett ganz ins Eck. Nun war auf dem glatten Steinboden Platz, um sich auszustrecken. Kurz blieb Bogner auf dem Boden liegen, malte sich aus, wie es sein würde, hier später zu liegen.

Bogner verließ das Hotel und machte sich ein Bild von der

Umgebung. Er schlenderte durch die lärmige genuesische Innenstadt. In den schattigen Arkaden nahe des Hafens blieb es selbst im hellsten Tageslicht dunkel und stickig. Unterschiedlichste Läden und Gewerbe waren in diesen Gassen versteckt, Lebensmittelhändler, Modeboutiquen, Metallhändler, Parfümerien, Perückengeschäfte, Schuh- und Elektronikläden, Spielzeuggeschäfte, Schaufenster voller Plastikwaren, vor allen Dingen aber Gemischtwarenhändler, die den Eindruck erweckten, alles nur Erdenkliche organisieren zu können, sofern sich ein lohnender Preis aushandeln ließ. Bogner stieß auf getrockneten Fisch, auf Plastik-Flip-Flops, Shishas und Handytaschen, auf Fußballtrikots, Laserpointer, Taschenkalender, Gewürzkräuter, auf Käfige mit teils piepsenden, teils bereits verendeten Singvögeln, auf Sonnenbrillen, Strandhüte, Baseballkäppchen, Poloshirts, Ladekabel, Kopfhörer, Selfiesticks, Batterien und sonstigen Elektroschrott, auf Staubwedel, Parfümflaschen, Waschmittel, Nagelscheren, Nagelfeilen, Tupperware, Wandteppiche, Hochglanzplakate mit Sonnenuntergängen über glatter See oder mit sprudelnden Bergströmen, auf Postkarten mit denselben Motiven oder etlichen Focaccia-, Pasta- oder Pizza-Abbildungen und Pesto-Rezepten, auf Nutella-Gläser in allen Formaten sowie Kolumbus- und Marienstatuen in allen Größen und dutzende andere Devotionalien, auf Weinflaschen mit vergilbten Etiketten, Stracciatella-Eiskugeln, Rind- und Lammfleisch, das die Fliegen anzog, auf Miniatur-Bibeln, handliche Ausgaben des Koran, Raubkopien aller gängigen Hollywoodfilme und Rock-, Pop- oder Jazzstars, auf Berge von Miesmuscheln und anderes, schleimiges Meeresgetier, Chilischoten, Knoblauchzöpfe, auf enge und weite Unterhosen mit oder ohne Cristiano Ronaldos Konterfei, Plastikjacken, Polyesterhemden, knallbuntes Zuckerwerk, Spielzeugsoldaten, ferngesteuerte Autos, Boote, Drohnen, Prada-Taschen, Schweizer Uhren, Schweizer Messer, Zwerg-hamster, Meerschweinchen, Räucherstäbchen, Eisenwaren, Metallrohre, Abflussrohre, Gummidichtungen, Drähte, Sei-le, Schläuche, Fäden, Zwirne, auf Goldkettchen, Rasiercreme, Autoersatzteile, Bremsbelege, Messingbecher, Briefbeschwe-rer, Tigerbalsam, Kunststoffteller, Kisten voller Bananen, Kür-bisse oder Wassermelonen, auf Plastiknarzissen, Plastiktul-pen, Plastikedelweiß, Pfefferspray, Scheibenmagneten, SAT-Antennen und Kofferradios. Und alles, was man nicht auf den ersten Blick erkennen konnte, war Bogner überzeugt, das wür-de es ebenfalls hier geben, irgendwo versteckt.

Hin und wieder trat der eine oder andere junge Mann an Bogner heran und bot ihm Hilfe an, sollte er etwas Bestimm-tes suchen. Die ersten drei derartigen Dienstleister wimmelte er ab. Beim vierten, einem arabisch wirkenden, schlaksigen Kerl mit pomadisiertem Haar, leuchtend weißem T-Shirt und hautenger, von stylischen Rissen und Löchern übersäten Stretch-Jeans, bemühte er sein holpriges Italienisch.

»Cerco ghiaccio secco.«

»Una gelateria?«

»No. Ghiaccio secco.«

Die Gesprächspartner wechselten ins Englische. Bogners Wunsch war sogar an diesem Ort des Feilschens ein ausgefal-lener: Trockeneis.

»*Dry ice*?«

»Ja, ich suche Trockeneis. 24 Kilogramm, als 16-mm-Pel-lets am besten.«

Der junge Mann schien mit diesem Wunsch überfordert.

Er versuchte, Softeis, Eiscreme, Kühleis, Eiswürfel oder Eisblöcke anzubieten oder Bogner davon zu überzeugen, dass ein Mann wie er doch ganz andere Dinge benötigte.

»Trockeneis«, aber wiederholte Bogner ruhig und entschlossen. »Kohlendioxid in fester Form, CO_2.«

Erst als er sich abwandte, schien sein Gesprächspartner allmählich zu verstehen.

»Wie der Nebel in den Filmen, meinen Sie? Sie wollen Nebeleffekte erzeugen?«

»Ja, genau, wie in den Filmen oder auf Bühnen. Nebeleffekte. Kannst du mir eine Box besorgen?«

Es dauerte eine Weile, bis er Antwort bekam. Die Gedanken des fliegenden Händlers rotierten. Schließlich bejahte er so schnell wie möglich, obwohl er noch zu keiner Lösung gekommen zu sein schien, wo er Trockeneis auftreiben konnte.

»Natürlich, mein Freund«, sagte er. »Trockeneis. Wenn es das ist, was Sie wollen. Kein Problem.«

»Kannst du mir eine 24-Kilo-Box besorgen?«

»24 Kilo? Natürlich, mein Freund. Kein Problem.«

»Wie viel Zeit brauchst du?«

»Es wird schon ein bisschen brauchen. Trockeneis ist kein alltäglicher Wunsch. Es wird nicht ganz billig sein.«

»Kannst du es bis morgen organisieren?«

»Morgen, mein Freund … Warum nicht? Morgen um dieselbe Uhrzeit, hier vorne am Eck.«

Er deutete den Hügel bergauf, wo die Gasse in eine Durchfahrtsstraße mündete.

»Ich werde ein Taxi anmieten müssen. Das musst du extra zahlen. Der Fahrer ist ein Freund von mir. Er macht dir einen guten Preis. Er bringt dich und die Eis-Box, wohin du willst.«

»Das ist gut. Wunderbar. Achtet darauf, dass es ein sicherer Styropor-Behälter ist.«

»Ein Styropor-Behälter. Kein Problem, mein Freund. Das kostet aber ein bisschen extra.«

Die beiden handelten einen Preis aus. Bogner zahlte einen Vorschuss und blickte dem Geschäftspartner tief in die Augen. Er vertraute darauf, dass dieser, sollte er die Pellets auftreiben, sich den Deal nicht entgehen ließ und am nächsten Tag wiederkommen würde.

»Dann gebe ich dir und dem Fahrer ein gutes Trinkgeld für eure Mühe obendrein«, sagte Bogner.

Zur Verabschiedung schüttelten sie einander die Hände.

Anschließend spazierte Bogner noch ein wenig durch die Altstadt und an den Hafenanlagen herum, wo afrikanische Straßenverkäufer Hüte, Tücher, Schirme oder Sandalen feilboten, bevor er zurück zum Hotel ging. Alles war in die Wege geleitet. Bogners Wille war gefestigt. Ein paar Vorbereitungen noch. Schon am kommenden Abend würde es so weit sein.

■

NICOLA PAMMER KAUTE an ihren Fingernägeln herum und blickte durch das Küchenfenster hinaus zum Carport.

»Rühr dich nicht vom Fleck«, hatte ihre Mutter sie angewiesen, bevor sie das Haus verlassen hatte, um den Ford zu holen. »Ich bin gleich wieder da.«

Jetzt konnte Nicola den Motor hören. Das Auto näherte sich. Sie sah es in der Einfahrt. *Dunkelfarbiger PKW …*, dachte Nicola.

Ließe sich dieses metallische Grau als dunkle Farbe deuten?

Nicola betrachtete ihre Mutter, die hinter dem Steuer saß. Die Mutter fuhr ein wenig hektisch, aber sie zielte ganz genau. Hunderte Male war sie schon in diese enge Hauseinfahrt gefahren. Hunderte Male hatte sie das Auto auf diesem überdachten Abstellplatz eingeparkt. Nun aber schwenkte sie, kurz bevor sie das Auto zum Stehen brachte, plötzlich nach rechts. Als wäre es Absicht. Es krachte, als die Mutter mit dem rechten vorderen Teil der Stoßstange direkt in den Pfosten des Carports fuhr. Die Mutter kniff die Augen zusammen, während sie es tat. Nicola riss ihre Augen weit auf und fuhr hoch.

»Mama!«, schrie sie durch das geschlossene Fenster.

Ihre Mutter hatte den Motor abgewürgt. Sie schnallte sich ab und stieg aus. Sie griff sich an den Kopf.

»Oh Gott, oh Gott!«, sagte die Mutter. »So etwas ist mir ja noch nie passiert.«

ANDREAS BOGNER HATTE nicht vor, die Trockeneispellets in Wasser aufzulösen und damit den Shownebel zu erzeugen, wie er in Filmen und auf Bühnen verwendet wurde. Sein fest eingefrorenes Kohlendioxid sollte sich fern jeglichen Spektakels, ganz unscheinbar, aber dennoch mit starker Wirkung in Luft auflösen. Bogners Plan stand fest. Er wird den Boden seines Hotelzimmers mit Isomatten auslegen. Die Zimmertür wird er von innen verriegeln, den Spalt unter ihr, das Schlüsselloch, sämtliche Ritzen der Balkontür und des Fensters mit Klebeband abdichten. Er wird die Gärtnerhandschuhe überziehen, die er aus Innsbruck mitgenommen hat, um seine Haut nicht am Eis zu verbrennen, und die CO_2-Klumpen aus der Styropor-Box holen und auf den Matten verteilen. Sicherheitshalber lässt er eine freie Bahn hinüber zur Balkontür. Auch in der Mitte des Zimmers lässt Bogner einen Platz frei, um sich hinlegen zu können. Daneben stellt er einen niederen Sofatisch, auf dem er einen Stapel hochwertiges Büttenpapier sowie einen Kohlestift bereitlegt.

Sobald die Trockeneispellets ausgepackt sind, geht das sich in der Wärme rasch freisetzende Kohlendioxid rückstandsfrei, ohne flüssig zu werden, in seinen gasförmigen Zustand über. Es breitet sich auf das 760-Fache seines Volumens aus, und da es anderthalb Mal schwerer als Sauerstoff ist, verteilt es sich in Bodennähe.

Das Hotelzimmer maß zwölf Quadratmeter. Um es einen Meter hoch mit Kohlendioxid zu füllen, benötigte man zwölf Kubikmeter Gas. Pro Kubikmeter brauchte Bogner zwei Kilogramm Trockeneis. Innerhalb einer halben Stunde würde sich der Raum einen Meter hoch mit gasförmigem CO_2 füllen. Schon bei Konzentrationen oberhalb von fünf Prozent in der Atemluft wirkte Kohlendioxid erstickend, oberhalb von zehn Prozent setzte der Tod in einer Viertelstunde ein.

Bogner legte es nicht darauf an, möglichst rasch zu sterben. Er suchte nicht den Tod, sondern nur dessen unmittelbare Nähe. Solange er sich in Bodennähe, in der Todeszone, aufhalten würde, würde ihm der fehlende Sauerstoff unmerklich die Sinne rauben. Auf diese Weise würde Bogner nach und nach hinüber in eine andere Welt gleiten. Sein Ziel war es, jene Bilder einzufangen, die sich dort, in jenem Zwischenreich, offenbarten. Das, was geschah, wenn sich ein Mensch weit genug von seiner physischen Existenz entfernte, wollte Bogner in Zeichnungen übersetzen.

Durchquerte man beim Sterben tatsächlich eine Art Tunnel? Bewegte man sich auf ein diffuses Licht an dessen Ende zu, wie es immer wieder hieß? Womöglich entstand etwas völlig anderes in dieser Begegnung? Vielleicht würde Bogner etwas Konkretes wie eine Gestalt, ein Meer oder einen Felsen zu sehen bekommen? Oder doch vielmehr völlig Abstraktes? Eventuell würden es nichts als Farbvisionen sein – dann hätte Bogner ein Problem, es mit dem Kohlestift darzustellen. Unter Umständen aber könnte er Formen, Umrisse, Figuren festhalten und im Nachhinein, sollte er das Experiment überleben, einfärben?

Bogner war sich darüber im Klaren, dass dieses Unterfangen ein wenig verrückt klang. Doch hatte es je einen bedeutenden Künstler gegeben, der nicht in gewisser Weise verrückt war? Gingen Genie und Wahnsinn nicht immer Hand in Hand? War es etwa die Tat eines Durchschnittsmenschen gewesen, wenn van Gogh sich das Ohr abtrennte? Normalität, Abnormalität, das waren in der Kunst keine Maßstäbe. Und darüber hinaus: Welch Abenteuer lag in dieser Performance! Bogner bekam schweißnasse Hände. Welch hohen Grad der Selbstbestimmung er bewies! Entweder würde er liegen bleiben, für immer, oder sich aufrichten. Die Entscheidung lag allein bei ihm. Ab einem Meter Raumhöhe würde nach wie vor ausreichend Sauerstoff vorhanden sein. Bogner musste nur auf die Knie gehen und den Kopf nach oben strecken. Der Tod war nicht länger ein unabwendbares Schicksal, sondern lediglich eine Option. Eine Willensfrage. Bogner stand es frei, sich für oder gegen das Sterben zu entscheiden. Er war kein Selbstmörder, sondern Porträtist des Sterbens.

Nur noch einmal schlafen, dachte Bogner, einmal erwachen, einen Tag noch leben, als wäre es der letzte. Dann sich abends nicht ins Bett, sondern auf den Boden legen. Er konnte es kaum erwarten.

■

NICOLAS MUTTER BEGUTACHTETE den Blechschaden. Verstohlen blickte sie um sich, ob einer der Nachbarn aufgrund des Krachs auf sie aufmerksam geworden war. Doch es blieb still in der Umgebung. Nur Nicola stürzte durch die Küchentür hinaus zu ihr.

»Mama, was machst du denn!«

»So schlecht hab ich ja noch nie eingeparkt.«

»Das kann man sagen. Zum Glück ist nicht mehr kaputtgegangen.«

»Ja, ich glaube, das reicht.«

Die Stoßstange war eingeknickt und hing schief. Die Scheinwerferverglasung hatte einen Sprung. Auch der Pfosten des Carports hatte etwas abbekommen.

»Dein Papa wird mich auslachen, wenn er zurückkommt«, sagte die Mutter, während sie Nicola an der Schulter nahm und zurück ins Haus führte.

»Wie heißt der Marokkaner noch mal, der vorne am Seeparkplatz seinen kleinen Fuhrpark stehen hat?«, fragte sie ihre Tochter, als sie sich wieder zu Tisch setzten. »Du weißt schon, der, der mir hin und wieder seine Visitenkarte unter den Scheibenwischer klemmt. *Ich biete Bestpreise für Ihren Gebrauchtwagen.* Was immer er unter *Bestpreis* versteht …«

»Du meinst den *Olek* … oder so ähnlich … der, der die Schrottautos zusammenkauft und nach Afrika verschifft?«

»Ja, genau. Irgendwo habe ich seine Karte. Ich glaube, es lohnt sich nicht mehr, diese alte Karre hier reparieren zu lassen. Besser, ich gebe sie heute gleich beim Olek ab. Dann haben wir ein bisschen Geld verdient, und der Olek verdient auch ein bisschen Geld, und irgendwo in Afrika kann irgendjemand noch jahrelang mit meinem alten Ford Fiesta herumfahren.«

■

BOGNER HATTE SICH in dem jungen genuesischen Händler nicht getäuscht. Am folgenden Tag erwartete er ihn bereits an der vereinbarten Ecke und deutete zu einem kleinen Fiat, der am Straßenrand parkte. Ein älterer Mann saß am Steuer.

»Die Styropor-Box liegt auf der Rückbank. Ich habe alles besorgen können. 24 Kilogramm Trockeneis, 16-mm-Pellets. Es war ein wenig teurer als gedacht.«

Dass er erneute Preisverhandlungen sowohl mit dem Verkäufer als mit dem Fahrer führen musste, überraschte Bogner nicht. Die drei Männer saßen eine Weile im Auto und feilschten. Bogner achtete darauf, dass die Fenster gut geöffnet waren und das in geringen Mengen austretende Kohlendioxid entweichen konnte.

Eine Viertelstunde später war alles geregelt. Bogner zahlte den Männern insgesamt vierhundert Euro. Bei einem Online-

Trockeneis-Shop hätte er das einfacher und günstiger haben
können, dachte er, aber darum ging es nicht. Es gefiel ihm, das
Material über einen Zwischenhändler auf der Straße zu be-
ziehen. Es trug zum performativen Charakter der Aktion bei,
und überdies war seine Bestellung auf diese Weise nicht rück-
verfolgbar.

Bogner wurde in die Nähe seines Hotels gefahren und ging
die letzten Meter zu Fuß. Die Box war schwer, aber es bereitete ihm keine großen Probleme, sie, ohne Aufsehen zu er-
regen, in sein Zimmer hinaufzutragen.

Dort klebte Bogner alle Ritzen ab und legte die Isomatten
aus. Auf dem Boden an der Innenseite der Zimmertür hinter-
legte er gut sichtbar einen Hinweiszettel, auf dem er zur Sicherheit auf Italienisch vermerkte, dass er bei einem künstlerischen Experiment zu Tode gekommen sei. Dies sollte die
Zimmermädchen vorwarnen, die ihn unter Umständen am
nächsten Morgen tot auffinden könnten. *Bitte meine Frau Astrid verständigen,* schrieb er ebenfalls auf das Blatt Papier und
hinterließ ihre Mobilnummer. *Per Astrid* fügte er hinzu: *Sollte ich gestorben sein, beweisen meine im Übertritt zum Tod
angefertigten, hier im Zimmer hinterlassenen Bilder hoffentlich,
dass es das Sterben wert war. Bitte kümmere dich um diesen,
meinen wichtigsten Nachlass. Herzlichen Dank!*

Alle Vorbereitungen waren getroffen. Nun spazierte Bogner ein letztes Mal durch die zur Aperitif-Zeit besonders leb-
hafte genuesische Innenstadt. Er suchte eine Taverne auf, aß
Spaghetti mit Meeresfrüchten und trank einen Primitivo. Er
ließ sich die Rechnung bringen und ließ ein großzügiges
Trinkgeld liegen. Danach ging Bogner ohne besondere Eile
zurück zum Hotel. Er machte einen Umweg über die Via della

Maddalena und verschiedene kleine Nebengassen, bis er sich verlaufen hatte und kaum mehr wusste, wo er war.

Drei Stunden später liegt Bogner rücklings auf dem Boden. Seine Armbanduhr zeigt 23 Uhr 15. Es ist ruhig und dunkel. Die Beleuchtung seines Hotelzimmers ist gelöscht. Die Vorhänge hat Bogner nicht zugezogen. Das Zimmer ist auf eine offene Straßenkreuzung und das dahinter liegende Hafenareal mit Lagerhallen und Speichern ausgerichtet und nicht einsichtig. Durch die von außen eindringende Straßenbeleuchtung ist es hell genug, um Skizzen und Zeichnungen anzufertigen. Der Kohlestift und zwanzig Blätter Büttenpapier liegen auf dem niederen Sofatisch bereit. Jedes von ihnen ist nummeriert und trägt den Titel »Zyklus *Im Dazwischen*, Juli 2017«. Die Pellets sind säuberlich auf den Isomatten im ganzen Raum verteilt. Nach und nach verbreitet sich das Kohlendioxid in Bodennähe.

Bogner atmet die Luft ein. Es kommt ihm vor, als würde er Kreide inhalieren. Die Luft wird von Minute zu Minute kälter und unangenehmer. Bogner lässt seinen Atem flach zirkulieren. Selbst wenn er später bemerken würde, dass er wie ein Höhenbergsteiger zu hyperventilieren beginnt, nimmt er sich vor, sich weiterhin so lange wie möglich in Bodennähe zu halten.

Er fertigt eine erste Zeichnung an. Sie zeigt das genaue Gegenteil seiner tatsächlichen Lage und vermittelt doch den Zustand, in den er eingetreten ist. Statt einer Hafenstadt auf Nullniveau stellt Bogner eine hochalpine Bergregion dar. Oberhalb von 7000 Metern wird diese als *Todeszone* bezeichnet. Die Zusammensetzung der Atemluft ist zwar selbst auf

dem Gipfel des Mount Everest nicht anders als in Genua –
Stickstoff, ein Fünftel Sauerstoff, ein Hundertstel Kohlendioxid –, doch durch den mit der Höhe abnehmenden Luft-
druck kann immer weniger Sauerstoff aufgenommen werden.
Es entsteht derselbe Effekt wie in Bogners Hotelzimmer, wo
von unten her der Kohlendioxidanteil beständig steigt. Ab
5000 Metern benutzen Alpinisten Atemgeräte. Bogner überlegt, wie lange er noch ohne Sauerstoffflasche liegen bleiben könnte? Er denkt sich in Bergwelten hinein und entwickelt einen Ehrgeiz, diese aus seiner Vorstellung heraus möglichst authentisch darzustellen. Nach einer Weile stellt er fest,
dass er wertvolle Zeit verplempert. Sein Zeichnen folgt keiner
echten Vision, er bildet nichts Unbekanntes, Neues ab. Nicht
sein geöffneter Geist, sondern sein Intellekt errechnet diese
Bergbilder, sie fußen auf nüchternen Überlegungen, nicht auf
Nahtoderfahrungen. Bogner legt das Papier zur Seite. Er legt
sich wieder auf den Rücken. Von nun an muss er das her-
kömmliche Denken ausschalten, will er zu einem Ergebnis
kommen.

Bogners Augen trocknen zusehends aus, dennoch hält er
den Blick starr nach oben gerichtet. Dort oben erblickt Bogner
aber weder ein weites Himmelszelt noch irgendein Wurm-
loch in Parallelwelten. Stattdessen einen altmodischen Ventilator, der an der weiß gestrichenen Decke des Zimmers mon-
tiert ist. Das Gerät ist abgeschaltet. Bogner verspürt das Bedürfnis, aufzustehen und den Ventilator anzuschalten.

Befindet er sich bereits in einer Art Zwischenstadium? Bogner scannt seinen Körper von oben bis unten. Eindeutig ist
er noch bei Sinnen, bei Kräften, weit entfernt von metaphy-
sischen Zuständen, geschweige deren künstlerischer Darstel-

lung. Als hätte er Drogen genommen, wartet er ungeduldig darauf, eine Wirkung zu spüren. Wo bleibt die Veränderung? Offensichtlich stemmt sich sein Intellekt gegen das Experiment. Bogner müsste sich von Vernunftresten befreien, die ihn daran hindern, wirklich loszulassen, erst dann könnte er künstlerischen Nutzen aus dem Aufwand ziehen, den er betreibt.

Wie viel Zeit bleibt ihm noch? Wie hoch ist die Kohlendioxidkonzentration inzwischen? Bogner will sich darüber keine Gedanken machen. Es lenkt ihn ab, behindert, hemmt ihn. Er wird wütend auf sich selbst. Wie dumm er sich anstellt! Jetzt, wo er sich gehenlassen müsste, klammert er sich am Leben fest. Statt das Denken frei fließen zu lassen, hält er an nüchternen Überlegungen fest. Genauso gut könnte er beliebige Rechenübungen anstellen. Fünf mal acht ist vierzig, zum Beispiel. Oder: Acht mal fünfzehn ist … Es dauert eine Weile, bis Bogner auf das Ergebnis kommt. 120. Hätte er es unter normalen Bedingungen schneller errechnet? Wie viel ergibt fünfzehn mal 120? Bogner muss lange überlegen. Liegt es am fehlenden Sauerstoff? Kopfrechnen fällt ihm normalerweise leicht. 1200 plus 600, es ist doch einfach, jetzt erinnert er die Rechenstrategie wieder. 1800. Die Arithmetik funktioniert noch. Weiter. 120 mal 1800. Wieder dauert es länger als erwartet, bis er zu einem Ergebnis kommt. Bogner muss sich konzentrieren. 136 000. Quatsch. Zwölf mal achtzehn ist 216. Wie kam er auf 136? 216 000 also. Drei Nullen. Eine Stufe weiter: 1800 mal 216 000 … Wie schnell es geht, dass einer sich anstrengen muss. Einer, der sich gar nicht anstrengen wollte. Erneut vergeudet Bogner Zeit. Statt sich freien Assoziationen hinzugeben, überprüft er sein rationales Denkver-

mögen. Lass los, Andreas. Sofort. Sonst kommst du nirgendwohin!

Bogner dreht den Kopf zur Seite. Er blickt auf das leere
Blatt Papier, das neben ihm liegt. Nur der Titel ist darauf ver-
merkt. »Zyklus *Im Dazwischen*, Juli 2017 – Nr. 2«. Beinahe
hätte Bogner Rechnungen auf diesem Blatt aufgeschrieben.
Würde er die Zahlen schwarz auf weiß vor sich sehen, würde
es ihm leichter fallen, sie zu begreifen. Warum meint er, dies
jetzt nicht tun zu dürfen? Bogner versucht zu akzeptieren:
Sollten es nichts als arithmetische Übungen sein, die ihm in
der Todeszone erscheinen, sollte er wenigstens diese auf dem
Büttenpapier festhalten. Ist er halt ein Rechencomputer, kein
kreativer Mensch. Ja und? Wenn er die Zahlen 216 000 und
388 800 000 niederschreiben dürfte, wäre es, bei Gott, keine
Hexerei, sie zu multiplizieren!

Bogner merkt, wie er langsamer wird. Schwerfällig. Soll er
abbrechen? Aufstehen. Das Fenster öffnen. Es wäre so einfach. Doch es wäre zu früh. Noch ist nichts erreicht. Bogner
zwingt sich, still auf dem Rücken liegen zu bleiben. In Wahrheit aber will er nicht herumliegen. Er will sich in den Tod
hinüberarbeiten, vor dem Sofatisch kauern, Bilder anfertigen.
Doch was soll er zeichnen? Was sieht er? Ein halbdunkles Hotelzimmer?

Draußen an der Tür ist das »Bitte nicht stören«-Schild angebracht. Die Türkette ist eingehakt. Bogner kann hier tun,
was er will. Jeder tut in Hotelzimmern, was er will. Vielleicht
ist bereits ein Mann genau an jener Stelle des Bodens gelegen, an der jetzt Bogner liegt? Hat auch dieser Mann Isomatten mit Trockeneispellets um sich herum ausgelegt? Ist er hier
gestorben oder bloß eingeschlafen?

Vielleicht sollte Bogner endlich die Augen schließen. Sie sind so trocken. Blind aber kann er nicht zeichnen. Oder doch? Die Augenlider sind schwer wie Blei. Es kostet Energie, sie geöffnet zu halten. Bogner atmet zu schnell. Er verbraucht zu viel Sauerstoff.

Vielleicht sollte er versuchen, zurück zu den Bergen zu finden? Sie waren bislang das einzig verheißungsvolle Bild. Über diese Berge hinweg könnte ein Flug beginnen, über Raum und Zeit hinweg. Vielleicht sieht er dann alles neu, was er in seinem Leben gesehen hat, spult alles im Zeitraffer noch einmal ab? Erinnerungsblitze in umgekehrter Reihenfolge. Vom Alter zurück in die Jugend, bis Bogner wieder Gymnasiast, dann Volksschüler, dann Baby ist und mit dem Schnuller im Kinderwagen liegt. Dann ist er ein Säugling. Der Kreißsaal steht Kopf. Das Bognerbaby brüllt um sein Leben. Schließlich verschwindet es zurück durch den Geburtskanal in jene Dunkelheit, aus der es gekommen ist.

Ist das der mysteriöse Tunnel, von dem gesprochen wird? Ist dort irgendwo ein Licht? Flutschen wir alle durch einen Tunnel hinein ins Licht dieser Welt und am Ende durch einen Tunnel wieder hinaus ins Licht einer anderen? Das wäre geradezu langweilig. Das hat keine Fantasie. Das ist keine Vision, sondern bestimmt schon hundertmal verfilmt worden. Für so etwas lohnt es sich nicht zu sterben.

Lohnt es sich überhaupt? Vielleicht ist irgendwann alles bloß schwarz, alles aus? Oder es beginnt im allerdunkelsten Moment die Reinkarnation und alles von neuem, unter neuen Voraussetzungen? Bogner hätte dann als Künstler nichts hinterlassen und müsste als unwissender Wiedergänger erneut antreten. Eine derartige Vorstellung widerstrebt ihm zutiefst.

Er sträubt sich dagegen. Es muss mehr hinter dem Tod liegen als einfach nichts. Neuartige Farben, Formen, Muster, Raster, Schemata. Tore zu ihm bislang unbegreiflichen Räumen. Wo liegen sie versteckt? Panik ergreift ihn. Hätte Bogner die Kraft zu schreien, würde er es tun. Jetzt, da der Fantasie keine Grenzen gesetzt wären, versagt sie. Stirbt sie als Erstes, wenn einer stirbt? Beginnt der Tod denn mit dem Ende aller Inspiration? Ist er die absolute Ernüchterung? Eine Staubwüste, dahinter nichts. Das darf nicht sein!

Bogner ist versucht aufzustehen. Statt Erleuchtungen haben ihn Zweifel und Furcht überkommen. Wo bleibt der künstlerische Mehrwert? Kein Hauch von Ewigkeit, im Gegenteil: Nichts als ein unproduktives Ende deutet sich an, plumpes Ersticken. Doch noch ist es zu früh, das Experiment abzubrechen. Das alles ist erst der Beginn. Die kreative Phase kommt womöglich noch? Ein wie großer Anteil CO_2 hat sich mittlerweile in der Luft angesetzt? Zwei, drei Prozent? Vier? Ist bloß Sauerstoff oder auch Stickstoff verloren gegangen? 78 Prozent Stickstoff, 21 Prozent Sauerstoff waren es einmal. Wie viel sind es jetzt? Erneut hält sich Bogner mit simplen Berechnungen bei Sinnen. Er wollte die Wirklichkeit verlassen, nun hat er Angst davor, dass sie ihm entgleitet.

Von Minute zu Minute fühlt sich Bogners Kopf dumpfer an. Eine Glocke umschließt ihn. Wie viel Zeit bleibt noch? Er will alles dafür geben, zu einem Ergebnis zu kommen. Falls der Tod aber nichts anderes zu bieten hat als einfach die Verdunkelung, will Bogner ihn nicht näher studieren. Wäre Sterben nur Ausdruck von Vergänglichkeit, nichts sonst, würde Bogner das Leben wählen wollen und, statt den Tod zu erfahren, versuchen, etwas zu erschaffen, das darüber hinausgeht.

Etwas, das größer ist als er. Ein solches Werk ist Bogner bislang nicht gelungen. Auch nun scheint er der Ewigkeit nicht näher zu kommen. Ein paar Bergkuppen und Gipfel hat er hingekritzelt. Mehr nicht. Und Bogners Energie schwindet. Es wird schwierig weiterzuzeichnen. Er kann kaum noch die Hand heben. Er versucht es. Allein auf die Armbanduhr zu blicken kostet Überwindung. Wie mühsam es ist, den Lichtknopf der Uhr zu drücken! Bogner könnte einfach liegen bleiben. Nichts mehr tun. Nie mehr. Ihm ist übel. Das ist alles. Auch das wird vorübergehen.

Die Uhr leuchtet auf, er hat sie fest genug gedrückt. 23:36. Wie lange liegt er schon? Eine halbe Stunde? Die Zeit dehnt sich. Bogner lässt Kopf und Hände zurück auf den Boden sinken.

Was würde er zeichnen, würde er jetzt noch zeichnen können? Eine abstrakte Fratze, irgendetwas Grinsendes, Hämisches? Die Hoffnung stirbt zuletzt. Ist dieser Punkt nun tatsächlich erreicht? Die Hoffnung liegt zerschmettert auf dem Boden. Alles Wissen über den Tod ist demoralisierend. Deshalb glauben die Menschen, weil sie es nicht wissen wollen. Auch Bogner will nichts mehr vom Sterben wissen. Will nicht hinter den Vorhang blicken. Er hat sich in eine dumme Idee verrannt.

Diese unendliche Müdigkeit. Bogner versucht, gegen die Schlafsucht anzukämpfen. Er atmet hektisch, unkontrolliert. Normalerweise schleust er pro Minute sechs Liter Luft in seine Lungen. Jetzt verlangen sie nach mehr. Sie wollen weiterleben. Sollen sie. Warum auch nicht? Der Tod ist nicht besser als das Leben, denkt Bogner. Nichts an seinem Sterben hier ist besser als das Leben, das er führt. Die Todesnähe macht ihn zu keinem besseren Künstler. Würde er zehn weitere Minuten liegen bleiben, würde er sich damit keinen Platz in der Kunstgeschichte sichern.

Wie in Zeitlupe richtet sich Bogner seitlich auf. Ihm schwindelt. Seine Arme haben keine Kraft. Die Ellbogen knicken ein. Das Zimmer ist mittlerweile richtig dunkel. Bogner kann fast nichts mehr erkennen. Vielleicht sieht er in diesem Moment dem Tod ins Gesicht, sieht aber trotzdem nichts? Blickt er über eine Grenze? Er erkennt nicht, was sich dahinter verbirgt. Ein graues, schwarzes, leeres Bild würde darstellen, was er sieht. Um unter Umständen mehr zu sehen, müsste er eine letzte Schwelle überschreiten. Von dort aber würde er nicht mehr zurückkommen. Würde nie mehr zeichnen. Er würde alles aufgeben. Alles, was er sich je vorgenommen hatte.

Bogner hechelt, röchelt, keucht. Es klingt, als bettle er darum, am Leben zu bleiben. Er sitzt fast aufrecht auf dem Boden, schwankt hin und her. Mit dem Kopf in dieser Höhe fällt das Atmen leichter. Doch es ist anstrengend, sich in Position zu halten. Nichts wäre einfacher, als sich sinken zu lassen. Abtauchen, unten hinübergleiten. Werden, was er noch nie war: tot.

Bogner zwingt sich auf die Knie. Nun ist der Kopf noch höher. Das Zimmer dreht sich. Bogner stützt sich mit den Händen am Boden ab. Weit entfernt, am Ende des Raums, erkennt Bogner die Glastür des Balkons. Das neue Ziel. Alle anderen Vorhaben werden abgebrochen. Es gilt nur mehr, diese Balkontür zu erreichen. Sie öffnen. Es irgendwie hinaus schaffen an die frische Luft.

Bogner robbt auf den Knien in Richtung Balkon. Hier sind

keine Pellets ausgelegt. Doch er taumelt. Immer wieder droht er umzufallen. Er rutscht hin und her. Wenn seine Hände an kalte Klumpen Trockeneis stoßen, schreckt er zurück. Irgendwann aber erspüren die Hände etwas Glattes. Glas. Klebeband an den Rändern. Bogner zittert. Er bekommt das Klebeband nicht zu fassen. Die Türklinke aber! Wenigstens sie kann er ergreifen, mit der einen Hand zuerst, dann auch mit der anderen. Bogner hängt sich mit aller Schwerkraft an diese Klinke. Er drückt den Kopf in die Armbeuge, um mehr Gewicht zu haben, zieht die Tür nach innen. Das Klebeband leistet Widerstand. Es scheint stärker als Bogner zu sein. Schließlich aber springt die Tür auf. Bogner schwingt mit ihr ins Zimmer. Schiebt sich an ihr vorbei nach draußen. Im selben Augenblick schmeckt er die schwüle, salzige Luft, die vom Hafen her in seine Lungen strömt. Gierig saugt er sie ein. Er kriecht auf den Balkon. Er lässt sich auf den schmierigen Boden sacken. Ein Plastikstuhl verrutscht.

Lange und regungslos bleibt Bogner in dieser Sommernacht liegen. Stumm hört er den Geräuschen der Stadt zu, dem Wind, den Möwen, den Menschen und Maschinen. Er atmet. Er lächelt. Er lebt.

■

ZEUGENAUSSAGE

*Frau Evelyn Praxmayr, wohnhaft Leopoldstr. 35, 6020
Innsbruck, Fr., 6.4.2018, 09:21*

*Also, Sie müssen wissen … Ich bin ja nicht mehr die Jüngste …
Ich geh gern früh ins Bett, ich steh ja auch früh auf, sehr früh
meistens … Ich weiß nicht, was für Sie früh bedeutet? Wann
steht man denn als Polizeibeamter auf? Wahrscheinlich auch
zwischen sechs und sieben? Also, ich steh immer vor sechs auf.
Da ist es meistens noch dunkel. Erst jetzt im April geht's langsam los, dass es um sechs dämmert. Und die Vogelen, die
zwitschern schon. Ich liebe das, aufzustehen, wenn die Vögel
zu singen anfangen. Da ist auch noch kaum Verkehr, da kann
ich das Fenster aufmachen und komm mir vor wie auf dem
Land. Wissen Sie, ich bin ja nicht ursprünglich Innsbruckerin.
Aufgewachsen bin ich in Vomp. Mein Mann und ich – der liebe
Gott hab ihn selig – sind erst in den siebziger Jahren herüberge-
zogen. Der Bertram hat bei der Post eine gute Stelle bekommen.
1974 war das, auch im Frühjahr, ich erinner mich genau, da hat
auch grad alles zu blühen angefangen. Mein Gott, lang ist es
her. Aber Vomp, dem trauer ich nicht nach. Gehn S' heut einmal nach Vomp, dort ist noch mehr Verkehr wie mitten in Innsbruck. Das hat's schon gebracht, das Parkpickerl hier, kommt
mir vor. Der Lärm, die Abgase, das ist schon besser geworden.
Auf jeden Fall bin ich abends natürlich recht müde. Ich trink
noch mein Weindl und richt mir eine Jause, einen Kohlrabi
schneide ich mir, zum Beispiel, gerne auf, oder einen Apfel,
darauf achte ich sowieso, dass ich jeden Tag einen Apfel iss.
Das ist das Geheimnis meiner ewigen Jugend. Ha! Jetzt hab ich
sogar Sie ein bissl zum Lachen gebracht. Sie sind ja ein ganz*

ein Ernster, das ist mir schon aufgefallen. Und dann setz ich mich vor den Fernseher und schau irgendeine Serie, was halt kommt, der Bulle von Tölz, oder die Rosamunde Pilcher find ich auch nett, oder die Millionenshow. Den Assinger hab ich recht gern. Sie auch? Und dann werd ich so müde, dass ich vor dem Fernseher einschlaf. Wenn ich aufwach, dann läuft schon die Zeit im Bild 2, und dann schau ich da noch ein bissl zu, und dann raff ich mich auf und geh richtig ins Bett. Manchmal schlaf ich da gleich wieder ein, manchmal aber kann ich ewig nicht mehr schlafen. Da geht mir plötzlich so viel durch den Kopf. Schöne Sachen manchmal. Manchmal aber auch schiaches Zeug. Das wollen Sie jetzt gar nicht wissen, was. Damit will ich Sie nicht belasten. Ich sag nur: Schön ist es nicht immer. Aber gestern, am Donnerstag, da hat's ja so geregnet draußen. So ein Tiefdruckwetter macht mich besonders müd. Ich bin sicher schon um zehn, Viertel nach zehn im Bett gelegen und hab geschlafen. Manchmal muss ich eine Schlaftablette nehmen, oder eine halbe. Aber gestern hätt ich wahrscheinlich noch Stunden gut weitergeschlafen ohne alles. Aber dann eben schreck ich plötzlich hoch, weil da so ein Knall ist. Von der Straße her. Ich bin sofort hellwach gewesen. Hab gleich gewusst: Da ist was passiert. Auch ein Krachen hab ich gehört. Glaube ich. Ich bin sofort auf und hab die Vorhänge aufgezogen, und unten auf der Straße seh ich ein Auto, das fast wie auf der falschen Straßenseite wegfährt, Richtung Südring. Geschwankt hat es. Weiter vorne ist es wieder auf die rechte Spur, dann hab ich's natürlich nicht mehr lange gesehen, ich glaub, oben bei der Kreuzung ist es nach rechts hinüber abgebogen. Und dann erst ist mir aufgefallen, dass da ja einer liegt! Halb auf der Straße, halb auf dem Gehsteig. Ein Mann. Für so

was hab ich einen Blick. Es war ein Mann, ganz dunkel ange-
zogen. Das sollte man halt als Fußgänger nie tun, nachts,
im Regen noch dazu, ganz dunkel. Da sieht man den natürlich
nicht. Oder eben erst zu spät. Ich sag jetzt nicht, dass es seine
eigene Schuld war, verstehen Sie mich nicht falsch! Jedenfalls
hab ich sofort eins und eins zusammenzählen können. Ich hab
sofort kapiert: Das Auto hat den niedergefahren. Dann hab ich
Sie angerufen. Nicht Sie persönlich, die Polizei halt. Also in
meiner Aufregung – nur weil Sie ja alles ganz genau wissen
müssen – hab ich zuerst fälschlicherweise die Feuerwehr an-
gerufen. 122 und 133 verwechselt man ja leicht. Ich weiß, man
kann es sich alphabetisch merken, zuerst Feuerwehr, dann
Polizei, dann Rettung, deswegen eben 133, wenn ich mit Ihnen
reden will. Aber ich bin ja nicht mehr die Jüngste. Und dann ist
eh gleich das Einsatzfahrzeug gekommen. Und ein Rettungs-
wagen auch. Das wissen Sie ja alles … Also was ich Ihnen
sagen kann … Ganz hundertprozentig sicher kann ich mir
nicht sein. Es war ja dunkel und alles. Aber ich würde sagen:
Das war ein deutsches Auto. Also nicht die Automarke. Damit
kenn ich mich nicht aus, ob das jetzt ein Audi, ein BMW oder
was war. Ein Renault, so eine Ente, war's sicher nicht. Die
Franzosen sehen anders aus. Es war schon ein Deutscher, ein
eher altmodisches Auto, ein graues, blau vielleicht, eher klein,
kein MINI Cooper, aber ein kleiner PKW halt, grau, würd ich
sagen, ja, und vom Kennzeichen her ein Deutscher. Da bin ich
mir fast sicher. Die Deutschen haben ja ein bisschen andere
Nummerntafeln. Man sieht bei uns ja andauernd Deutsche.
Manchmal kommt mir vor, es gibt mehr Deutsche wie Tiroler
in Tirol. Das Auto gestern Nacht war mit Sicherheit keine
Innsbrucker Nummer. Ich kann Ihnen die Nummer nicht genau

sagen, aber es war hundertprozentig kein I. Auch kein IL oder SZ. Die Schwazer Kennzeichen fallen mir als alter Vomperin natürlich auf. Es war eher ein B oder ein M vielleicht. Ein Münchner? Das könnte gut sein. Oder was ist das B ... Berlin? Auch das könnte sein. Ich denke, es war ein B. Obwohl es wahrscheinlicher wäre, dass es ein Münchner war. Der käme nicht von so weit her. Sagen wir: ein Münchner oder ein Berliner. Auf jeden Fall ein Deutscher. Dass es ein Piefke war, dafür würd ich meine Hand ins Feuer legen.

Seitens der Polizei gab es durchaus Überlegungen, den Ausdruck »ortsfremdes Fahrzeug« in die Fahndungsmeldung aufzunehmen. Schließlich aber sahen die Behörden davon ab.

Kurz nachdem sich Donnerstagnacht der Unfall ereignet hatte, waren bereits erste Meldungen von Anrainern eingegangen, die vom Lärm auf der Leopoldstraße berichteten. Einige Zeugen meinten, den Buchstaben S oder die Zahl 2 als letzte Nummer auf der Kennzeichentafel des Autos erkannt zu haben, das sich vom Unfallort entfernt hatte. Andere wollten den Buchstaben C gesehen haben. Einig waren sich die Zeugen darin, dass es sich um ein dunkelfarbiges Fahrzeug gehandelt habe.

Freitagmorgen wurde per Aussendung die Innsbrucker Bevölkerung um Mithilfe gebeten. Sachdienliche Hinweise langten nur vereinzelt ein.

■

AN JENEM FREITAGNACHMITTAG, dem 6. April 2018, wusste Andreas Bogner, dass er nun endlich seinen Schwiegervater anrufen musste. Es ließ sich nicht länger aufschieben.

Bogner überwand sich. Als die Leitung hergestellt war, hoffte er, es würde niemand abnehmen.

»Helmut! Das ist gut, dass ich dich erreiche.«

»Andreas! Endlich rührst du dich. Mich erreichen? Du machst Witze. Ich versuche schon den ganzen Tag, dich zu erreichen. Ich war bei dir in der Dreiheiligenstraße. Hast du mich nicht gehört? Ich hab geläutet, ich weiß nicht, wie oft.«

»Bitte entschuldige, Helmut. Die Glocke funktioniert nicht. Das hätte ich dir sagen müssen.«

»Und dein Handy funktioniert wohl auch nicht, wenn du nicht erreicht werden willst.«

»Es tut mir leid, Helmut. Du weißt, ich bin normalerweise nicht so.«

»Ich weiß bald gar nichts mehr.«

»Helmut, bitte beruhige dich.«

»Also, Andreas. Was ist los?«

»Was meinst du?«

»Mit meiner Walther PPK. Heute ist Freitag. Heute bekomme ich sie wieder zurück. Das war ausdrücklich vereinbart. Hast du das etwa vergessen? Es ist schon vier am Nachmittag jetzt.«

»Nein, ich hab's nicht vergessen. Ich bring sie dir später. Bist du abends daheim?«

»Was redest du da, Andreas? Natürlich bringst du sie nicht her zu mir. Du spazierst sicher nicht mit meiner Pistole durch die halbe Stadt. Wenn dich jemand dabei erwischt, sind wir beide dran.«

»Wer sollte mich denn erwischen? Es geht wohl kein Straßenpolizist plötzlich auf mich zu und durchsucht mich nach Waffen.«

»Warum nicht? Bei den Viaduktbögen werden immer wieder Passanten kontrolliert, nicht bloß Ausländer. Du bist nicht befugt, diese Pistole in der Gegend herumzutragen, Andreas. Nur ich bin es, niemand sonst. Ich werde mich jetzt auf der Stelle auf den Weg zu dir machen. Und du schaust lieber, dass du diesmal die Glocke hörst.«

»Warte, Helmut! Warte einen Moment. Bitte. Ich brauch noch ein bisschen Zeit. Ich bin mit den Studien noch nicht fertig. Ein paar Skizzen habe ich gemacht, aber es ist schwieriger, als ich dachte. Ich weiß, dass ich sie dir heute zurückgeben sollte … Aber könnte ich sie vielleicht einen Tag länger behalten? Wenn du sie jetzt abholst, kann ich das Bild nicht fertigstellen. Es wäre dann quasi alles umsonst gewesen. Bitte, Helmut. Ich bräuchte sie noch zumindest einen Tag … vielleicht sogar bis Sonntag, falls möglich? Dann werde ich sicher fertig. Wäre das okay, wenn du am Sonntag vorbeikommst? Ich bitte dich, Helmut.«

Helmut Schierenbacher überlegte eine Weile. Er rang mit sich selbst. Er hatte nie große Achtung vor seinem Schwiegersohn gehabt. Doch schließlich stimmte er ein. Eine letzte großmütige Geste.

»Am Wochenende wird schon keine Waffenschrank-Kontrolle stattfinden«, sagte er. »Aber am Sonntag, ehrlich, dann gibt es keine Ausreden mehr!«

ZUR SELBEN STUNDE kreisten Nicola Pammers Gedanken um diesen Mann, den sie angefahren hatte. Freitagnachmittag saß sie in ihrem Zimmer in der elterlichen Wohnung in Bregenz, saß auf der Bettkante, legte sich aufs Bett, versuchte die Augen zu schließen, starrte ins Leere. Mutter hatte gesagt, sie solle sich hinlegen. Mutter würde sich um alles kümmern. Nicola sei verwirrt, verängstigt. Sie habe kaum geschlafen. In so einem Zustand könne sie die Situation nicht bewerten. Sie solle sich keine Sorgen machen.

»Vertraue mir«, hatte die Mutter gesagt.

Dann war Mutter zu Olek gefahren, um das Auto zu verkaufen. Nicola war allein in der Wohnung zurückgeblieben.

Was würde sie tun, würde es nun plötzlich an der Tür läuten? Was, würden plötzlich Polizeibeamte auftauchen und nach dem Besitzer des Ford Fiesta mit dem Kennzeichen B-472CS fragen?

Nicola wischte die Gedanken weg. Niemand hatte die Nummerntafel lesen können. Wieder und wieder sagte sich Nicola das vor. Es war dunkel gewesen. Es hatte geregnet. Eine der beiden Lampen der Kennzeichenbeleuchtung war defekt. Man hätte höchstens »2CS« entziffern können, und selbst das war von einer Schmutzschicht bedeckt gewesen. Keine Spur führte in die Ankerstraße nach Bregenz. Niemand würde an der Tür läuten. Bald würde Mutter zurückkehren mit den Nummerntafeln in der Hand, die sie später bei ihrem Versicherungsagenten abgeben würde. Den Mann kannte sie seit ihrer Kindheit. Er regelte immer alles verlässlich und diskret.

»Wir müssen uns keine Sorgen machen«, hatte ihre Mutter versichert.

Bald würde das Auto nach Afrika verschifft sein. Bald war alles überstanden.

Doch die Mutter wusste nicht alles, was Nicola wusste. Sie ging von einem harmloseren Unfall aus, als er tatsächlich gewesen war. Die Mutter war nicht dabei gewesen, als dieser Mann aus dem Nichts heraus auf das Auto zugesprungen kam. Sie hatte nicht im selben Moment diesen Knall gehört, der Nicola zusammenzucken ließ. Den Bruchteil einer Sekunde lang war im Licht der Scheinwerfer das weiße Gesicht dieses Mannes aufgeblitzt. Durch die Windschutzscheibe hindurch hatten seine aufgerissenen Augen direkt in Nicolas Augen hineingestarrt. Sie riss das Lenkrad herum, zu spät. Sie spürte den dumpfen Aufprall. Der Körper wurde zurück in die Dunkelheit geworfen, aus der er gekommen war. Nicola blickte einen Moment lang fassungslos hinein in diese Dunkelheit, in der nichts mehr zu sehen war. Dann schaute sie wieder nach vorn. Gerade noch rechtzeitig. Nicola war nicht zum Stehen gekommen. Ihr Auto fuhr nach wie vor, wenn auch langsam. Es driftete zum linken Straßenrand hinüber. Zum Glück kam kein Fahrzeug entgegen. Zum Glück befand sich niemand in der Nähe. Auch rechts hinter Nicola war alles wieder dunkel und ruhig. Sie brachte das Auto zurück auf die richtige Spur. Sie fuhr geradeaus weiter bis zur nächsten Kreuzung. Die Ampel zeigte Grün. Wer bleibt an einer grünen Ampel stehen? Nicola bog auf den Südring ab, fuhr weiter Richtung Westen.

Erst an der Andreas-Hofer-Straße zeigte eine Ampel rotes Licht. Nun hielt Nicola an. Sie blickte um sich und in den Rückspiegel. Ein paar Autos kreuzten die Straße. Einige Autos nun hinter und vor ihr, aber keines davon ein Einsatzfahrzeug. Kein Blaulicht. Keine Sirene. Als die Ampel auf Grün umsprang, setzte Nicola die Fahrt fort. Sie fuhr weder zu schnell noch zu langsam. Sie konzentrierte sich darauf, den Verkehrsregeln zu entsprechen. Ein Glück, dachte sie, dass der Scheinwerfer nicht kaputtgegangen ist.

Nicola nahm den Tunnel, der aus der Stadt zur Autobahn führte. Bereits zweimal war sie dort vom Radar geblitzt worden. Nicht jetzt. Niemand wurde auf sie aufmerksam. Nicola erreichte die Autobahnauffahrt. Über die Inntalautobahn entfernte sie sich von Innsbruck. Ließ die Stadt, ließ alles hinter sich. Nicola hielt sich genau an die 100-km/h-Begrenzung. Einige Autos überholten sie. Doch kein Polizeiwagen war zu sehen, nirgends. Es gab keine Zeugen, dachte Nicola. So war es doch.

■

BOGNER ERZÄHLTE KEINEM Menschen von Genua. Weder die Galeristen, mit denen er unverbindlich zusammenarbeitete, noch Astrid erfuhren je von dieser *Performance*, für die er beinahe sein Leben gegeben hatte. Astrid interessierte sich ohnehin nicht sonderlich für Bogners Projekte, kam ihm vor. Wenn er ihr von aktuellen Arbeiten berichtete, wirkte sie abwesend, als wäre sie nicht bei der Sache. Sie konnte noch so oft mit dem Kopf nicken und beteuern, dass es sie sehr wohl interessiere.

»Sei doch nicht immer so empfindlich«, sagte Astrid. »Ich bin nur gerade ein bisschen abgelenkt, von dem Stress in der Ordination.«

Überhaupt habe er ihr doch bereits davon erzählt, nicht?

Ja, aber nicht davon, wie sich die gesamte Komposition mittlerweile entwickle und eine neue Richtung einschlage.

»Wenn es dich nicht interessiert …«, sagte Bogner, »ich will dich nicht langweilen.«

»Es langweilt mich nicht.«

»Egal. Lassen wir das.«

Bogner nahm sich vor, in Zukunft Astrids ausdrückliches Nachfragen abzuwarten, bevor er sie an seiner Arbeit teilhaben ließ. Ihr gespieltes Interesse verletzte ihn. Und im Grunde, dachte Bogner bei sich, war auch er gelangweilt, wenn Astrid ausführlich aus dem Alltag einer Ärztin berichtete. Die Geschichten von erkrankten Kindern und deren besorgten Eltern wiederholten sich und waren für Außenstehende nicht unbedingt packend.

Als solcher erkannte sich Bogner in diesen Momenten: als Außenstehender.

Jeden Freitagabend kochte Astrid für sie beide. Sie bestand darauf, auch wenn sie keine talentierte Köchin war und es sie belastete, aufwendigere Gerichte zuzubereiten.

»Sonst sehen wir uns bald gar nicht mehr, wenn du dich dermaßen in deinem Atelier verbarrikadierst«, behauptete sie.

»Du übertreibst«, sagte Bogner und bereitete die Nachspeise zu, um die er sich zu kümmern hatte, in der Regel ein Fruchtsalat.

Im Stillen wusste Bogner, dass Astrid recht hatte. Seit er im Atelier das Schlafsofa mit Bettzeug bezogen hatte, übernachtete er immer häufiger in der Dreiheiligenstraße. Für beide war das praktischer. Bogner ging spät zu Bett, Astrid musste früh aufstehen. Dazwischen rüttelte sie ihn mehrfach wach, weil sein Schnarchen sie störte. Er murrte und drehte sich zur Seite und kurz darauf wieder auf den Rücken, als würde er es mit Absicht tun.

Zur Freitagsroutine gehörte, dass Bogner eine Flasche Wein mitbrachte. Der Weinhändler lag auf halbem Weg zwischen Atelier und Wohnung. Bogner kaufte immer eine andere Sorte, Zweigelt, Merlot, Chianti – so viel Abwechslung musste sein.

Abends saß er dann am Tisch mit Astrid und stieß das kleine, klobige Glas, aus dem er Rotwein am liebsten trank, an ihr, wie er fand, übertrieben bauchiges, übertrieben dünnes Weinglas, das sie vorsichtig am langen Stiel anhob und ein wenig zurückzog, wenn Bogner ihr zuprostete, weil sie fürchtete, es könnte zerbrechen.

»Salute«, sagte Bogner.

»Zum Wohl«, sagte Astrid, und nachdem sie den ersten Schluck gemacht hatte, konnte sie sich ihr stets leicht variierendes Lob über den fruchtigen oder holzig-erdigen Geschmack nicht verkneifen.

Und dann erzählte Bogner bewusst wenig von sich und seinen Arbeiten, und er verlor sich in irgendwelchen Gedanken, wenn Astrid aus der Ordination zu berichten wusste.

Sonntags ging das Paar spazieren. Sie unternahmen kleine Bergwanderungen, aßen in einem Wirtshaus, gingen im Winter Ski fahren und fuhren im Sommer an den Baggersee oder den Lanser See.

Danach kehrten sie zurück in ihre Leben. Dass Astrid seit zehn Jahren seine Ehefrau blieb, verwunderte Bogner zuweilen. Er wusste, dass er sie vernachlässigte. Hinter seiner Arbeit zog sie den Kürzeren. Astrid musste doch eifersüchtig sein?

Manchmal fragte sich Bogner, warum sie überhaupt geheiratet hatten. Er war damals Mitte dreißig gewesen, auch Astrid schon über dreißig, wahrscheinlich hatten sie beide mit dem Gedanken gespielt, eine Familie zu gründen oder wenigstens nicht einsam alt werden zu müssen. Seit der Hochzeit hatte sich die Familie jedoch nicht vergrößert. Nur zwei Katzen waren zum Haushalt hinzugekommen, deren Kunststoffwanne alle paar Tage zu säubern sich Bogner aus Prinzip weigerte. Dafür bezahlte er eine Putzfrau, die zweimal pro Woche sauber machte – eine der regelmäßigen Ausgaben, die allesamt er beglich.

Am Wochenende schliefen Astrid und er meistens miteinander – auch dies inzwischen mit einer gewissen Routine. Dann sperrte er die Katzen aus dem Schlafzimmer aus, und diese scharrten an der Tür, wenn es ihnen zu lange dauerte. Die große wahre Liebe, dachte Bogner, existierte wohl nur in Hollywoodfilmen, Popsongs oder kitschigen Romanen.

»Im Herbst ist unser zehnjähriges Jubiläum«, sagte Astrid. »Wir sollten langsam planen, wohin wir reisen wollen.«

»Ich weiß nicht, ob wir wirklich verreisen müssen.«

»*Müssen?*«

»Ich meine, nur weil es sich gehört, müssen wir ja keine Reise machen. Nur weil es den Konventionen entspricht … Eine Hochzeitsreise haben wir ja auch nie wirklich gemacht.«

»Wir waren in Griechenland.«

»Weil ich dort ein Stipendium hatte. Das hatte sich gut ergeben damals. Drei Monate auf Korfu. Weißt du noch, wie langweilig dir am Ende war?«

Wahrscheinlich hätte ein Kind die Leere aufgefüllt, die zwischen ihnen entstand. Seit Jahren verhüteten sie nicht. Astrid wurde dennoch nicht schwanger. Mittlerweile war sie fast 42 Jahre alt. Bogner hatte vorgeschlagen, sein Sperma untersuchen zu lassen, weil er befürchtete, es lag an ihm. Doch Astrid behauptete, sie habe ohnehin in der Praxis den ganzen Tag mit Kindern zu tun. Was brauche sie eigene? Es komme ihr vor, als sei sie bereits zigfache Mutter.

In Wahrheit aber wünschte sich Astrid ein Kind, war Bogner überzeugt. Helmut hatte es oft genug angedeutet. Und niemand stand Astrid so nahe wie Helmut. Bogner kam sich oft wie ein Fremdkörper neben dem Band vor, das zwischen seiner Frau und ihrem alleinstehenden Vater gespannt war. Jede Frau wünsche sich früher oder später ein Kind, sagte Helmut. Und jeder Mann seines Alters wünsche sich ein Enkelkind.

Der Alte mischte sich in ihr Privatleben ein. Doch es war aussichtslos, gegen den übermächtigen Vater in Konkurrenz zu treten.

Nachdem Bogner im Sommer 2017 mit leeren Händen aus Genua heimgekehrt war, zog er sich wochenlang in sein Atelier zurück. Er fühlte sich demotiviert, uninspiriert. Mit dem Uhrwerkzeichnen fing Bogner gar nicht erst an. Doch schließlich entwickelte er ein neues künstlerisches Konzept, an dem er sich aufrichtete und in das er von nun an seine gesamte Energie zu stecken gedachte.

■

»AUFRÜSTUNG NENNEN SIE also diese Serie von Tusche-zeichnungen?«, fragte Kurt Niederer.

Im März 2018 besuchte er Andreas Bogner in dessen Atelier. Er zeigte sich interessiert an den neuen Arbeiten des Künstlers.

»Ja«, antwortete Bogner und präsentierte dem Kritiker verschiedene Skizzen, die sich auf seinem Arbeitstisch stapelten. »Es soll eine umfassende Reihe von Porträts aller bedeutenden Waffen werden, die der Mensch im Lauf seiner Evolution entwickelte. Vom Faustkeil bis hin zu atomaren Sprengstoffkörpern und künstlich intelligenten, selbst denkenden, eigenständig agierenden Waffen.«

»Porträts?«

»Ja. Keine einfache Darstellung von Dingen. Keine Stillleben. Es geht mir um den Charakter der Waffen. Deren Persönlichkeit. Ich erforsche sie bis ins letzte Detail. Aus der langen Geschichte der Waffen der Menschheit nehme ich chronologisch verschiedene Objekte heraus und versuche sie nicht rein optisch, sondern in ihrer Wirkung darzustellen, die sie auf ihren Benutzer ausüben. Waffen erhöhen uns. Trage ich eine Waffe, steigert sich mein Selbstwertgefühl. Plötzlich verfüge ich über Macht. Niemand weiß womöglich, dass ich bewaffnet bin, außer ich selbst, und dieses geheime Wissen erhebt mich umso mehr. Ich gehe eine persönliche Beziehung zu der Waffe ein. Sie verändert meine Psyche. Genau diese Beeinflussung will ich in den Zeichnungen festhalten.

Sie sehen hier die ersten Entwürfe. Der Faustkeil. Er strahlt noch eine gewisse Unschuld aus. Er dient als Werkzeug, aber schon er trägt das Machtpotenzial in sich zu töten. Gerate ich in einen Konflikt und trage ich den Faustkeil bei mir, werde ich aggressiver auftreten. Werden *wir* aggressiver auftreten. Der Keil und ich bilden bereits eine Einheit. Das mache ich meinem Gegner von Anfang an klar, oder ich überrasche ihn damit. Sehen Sie diese Skizze hier. Ein Einhandmesser. Auf Knopfdruck stattet es mich mit der Möglichkeit aus, jemanden zu töten. Trage ich es in meiner Hosentasche, verändert es meine Beziehung zur Welt. Ich stelle das Messer einmal zusammengeklappt, einmal mit ausgeklappter Klinge dar. Selbst im zugeklappten Zustand weiß ich um die spitze, wellig geschliffene Klinge, ich weiß, dass ich jederzeit zustechen kann. Ich arbeite in meinen Zeichnungen sehr genau mit den Schattierungen. Das wird Ihnen auffallen. Jeden Strich lege ich darauf an, die Mentalität der Waffe zu erfassen. Verstehen Sie, was ich meine, Herr Niederer?«

»Durchaus.«

Bogner fuhr fort, seine Arbeit zu beschreiben und zu erklären. Er vergaß, dass es Kritiker nicht schätzen, wenn ihnen das Werk erklärt wird. Ihre Aufgabe ist es, eigene Erklärungen zu finden. Kurt Niederer fühlte sich nach einer Weile von Bogners ausführlichen Erläuterungen nicht nur gelangweilt, sondern sogar persönlich beleidigt. Er war nicht mit bösartigen Absichten gekommen. Er hatte sich tatsächlich für Bogners aktuelle Arbeit interessiert. Nicht von vornherein war er darauf aus gewesen, Bogners Schaffen erneut ins Lächerliche zu ziehen. Von Minute zu Minute aber, während er in diesem Atelier neben diesem von sich selbst eingenommenen Künstler stand, erschöpfte sich seine Geduld.

»Interessant.«

Mehr sagte Niederer nicht.

Fast hätte Bogner ihn um eine erste Einschätzung, ein erstes Urteil gebeten. Am liebsten hätte er ihn gefragt, ob er mit dieser Arbeit mehr anfangen könne als mit der Videoinstallation im Jahr zuvor? Doch er hielt sich zurück.

Zum Abschied schüttelte Niederer Bogners Hand. Keine Geringschätzung, keine Verachtung ließ er sein Gegenüber spüren. Ebenso wenig aber erwähnte der Kritiker, dass er an einer Radiodiskussion über aktuelle Arbeiten zeitgenössischer österreichischer Künstler teilnahm und plante, Bogner stellvertretend anzuführen.

Bogner hätte sich besser auf dieses Treffen vorbereitet, hätte er davon gewusst. Er war sich dessen nicht bewusst gewesen, dass sein Ateliergespräch mit Niederer eine Art Interview war. Er hatte es als unverbindlichen Besuch gedeutet, als Chance, einen angesehenen Kunstkritiker endlich von der Qualität seiner Arbeit überzeugen zu können.

■

GEGEN SIEBZEHN UHR kehrte Nicolas Mutter zurück. Nicola war erleichtert, als sie hörte, wie die Mutter unten die Tür aufsperrte.

»Ich bin wieder da, Schatz!«, rief sie aus dem Vorraum. »Es hat alles geklappt.«

Sie legte den Plastiksack mit den Nummerntafeln auf der Kommode ab.

»Tausend Euro hat mir der Olek gegeben. Nicht schlecht für etwas, das ich einfach nur loswerden wollte. Ich sag dir, die anderen Autos, die er auf seinem schlammigen Parkplatz herumstehen hat, sehen keinesfalls besser aus als unseres.«

Die Mutter kam hoch in den ersten Stock und setzte sich an Nicolas Bett.

»Hast du ein bisschen schlafen können, Liebes?«

»Nicht richtig.«

»Ich hab Baldriantabletten besorgt. Das wird dir helfen.«

»Danke, Mama.«

»Und dann reden wir kein Wort mehr über diese Sache. Versprochen? Es ist alles getan, was getan werden musste. Es ist alles gesagt. Jetzt machen wir uns mit den tausend Euro eine gute Zeit.«

»Mama, wie kannst du nur so gelassen bleiben?«

»Es ist ja nichts Schlimmes geschehen. Die Prellungen von diesem Fußgänger werden verheilen. Dir kommt niemand auf die Spur. Und den Ford wollte ich schon seit langem abstoßen. Das Schicksal hat entschieden. In Zukunft musst du halt den Zug nach Innsbruck nehmen. Das ist nicht das Schlechteste. Manche Sachen passieren eben. Sie lassen sich nicht ändern. Und wenn sie ohne schlimme Konsequenzen bleiben, ist das Beste, sie so schnell wie möglich zu vergessen.«

»Was wird Papa sagen, wenn er heimkommt und sieht, dass du kein Auto mehr hast?«

»Ich sag ihm, wie es war. Ich hab miserabel eingeparkt. Und dann fand ich Oleks Visitenkarte. Er weiß, dass ich schon lange mit dem Gedanken spiele, das Auto loszuwerden. Es wird ihn nicht verwundern.«

Nicola sah sie staunend an.

»Was darüber hinaus geschehen ist, bleibt unser Geheimnis«, sagte die Mutter.

»Mama …«

Die Mutter hielt ihre Hand vor Nicolas Mund.

»Schhh«, sagte sie. »Jeder hat seine Geheimnisse. Das ist nichts Schlimmes. Es gibt Dinge, die behält man besser für sich. Manches verletzt erst dann, wenn man es ausspricht, nicht wenn man es verschweigt. Warum jemanden unnötig verletzen, unnötig beunruhigen? Dir ist etwas Dummes geschehen. Du kannst es nicht rückgängig machen. Lern daraus! Mehr kannst du nicht tun. Hättest du den Fußgänger schwer verletzt oder sogar totgefahren, wäre es etwas anderes. Aber in unserem Fall würde es niemandem etwas nützen, würdest du dich selber anzeigen.«

»Du und Papa, ihr habt uns doch immer angehalten, nicht zu lügen?«

»Lügst du, wenn du diese Episode aus deiner Erinnerung streichst?«

»Verschweigen ist wie lügen.«

»Nein. Es kommt darauf an, was du damit erreichst. Solange niemand darunter leidet, schweige, lüge, von mir aus. Lügen aber ist schwieriger. Davon solltest du lieber die Finger lassen, Nicola. Mich hat immer gewundert, dass du so brav geworden bist. Die Johanna ist anders. Vielleicht weil du in Riedenburg zur Schule gegangen bist? Die haben euch die Zehn Gebote eingebläut. Das war in meiner Schulzeit nicht anders. Aber ich sag dir: Das geht vorbei, das wirst du wieder los. Du weißt ja nicht, was ich alles angestellt habe in meinem Leben. Glaubst du, wenn Papa auf seinen Dienstreisen war, habe ich immer bloß brav daheim auf ihn gewartet? Ehrlichkeit ist gut. Aber man verwechselt sie leicht mit Dummheit.«

Nicola sagte nichts. Sie war sprachlos. Und sie musste nichts sagen. Ihre Mutter hatte ihr die Absolution erteilt.

»Und jetzt buche ich uns ein Zimmer in diesem Wellness-hotel in Bezau, wo ich schon so lange mal hinwill«, sagte die Mutter. »Hast du Lust? Ein kleiner Wochenendausflug in den Wald, Mutter und Tochter. Spazieren gehen, Sauna, Schön-heitspackungen im Spa, ayurvedisches Essen. Mit eintausend Euro Budget sollten wir gut zwei Tage durchkommen, denke ich. Und nach diesem Tapetenwechsel wirst du die Welt wie-der mit anderen Augen sehen, mein Schatz.«

Das wäre gut, dachte Nicola im Stillen. Das wäre wirklich gut, die Welt mit anderen Augen zu sehen. Dann müsste sie nicht länger dieses Gesicht vor ihrer Windschutzscheibe an-starren, das dort von einem Moment auf den anderen aufge-taucht und von einem Moment auf den anderen wieder ver-schwunden war.

■

AM DONNERSTAGABEND, DEM 5. April 2018, war Bogner nun zwei volle Tage in seinem Atelier vor der Walther PPK ge-sessen und hatte versucht, sie bis ins kleinste Detail zu er-gründen und in Originalgröße bildnerisch darzustellen. Es war verwunderlich, dass ihm der Schwiegervater überhaupt diese Pistole geliehen hatte. Helmut Schierenbacher, inzwi-schen pensionierter Finanzbeamter, war ehrenamtlicher Jäger und besaß neben seinem Jagdgewehr noch andere Feuerwaf-fen. Es gab keinen rechtschaffeneren Mann als ihn. Er hatte ihm diesen Gefallen nur Astrid zuliebe getan, war Bogner überzeugt.

Gemeinsam mit ihr hatte er in der Woche zuvor Helmut

besucht und darum gebeten, die Pistole ein paar Tage ausleihen zu können, um sie abzuzeichnen.

»Andreas wird sie nie außer Haus nehmen«, hatte Astrid versichert. »Deine Pistole wird genau dort auf der Tischplatte liegen bleiben, wo du sie hinlegst, Papa.«

»Auf jeden Fall, Helmut, du kannst dich auf mich verlassen«, hatte Bogner gesagt, auch wenn er wusste, dass Helmut trotz aller Worte kein sonderliches Vertrauen in ihn aufbringen würde.

Bogner duzte seinen Schwiegervater zwar, aber ein freundschaftliches, ebenbürtiges Verhältnis hatte er nie zu ihm entwickelt.

»Ich werde deine Pistole praktisch nicht berühren, Helmut. Ich werde sie höchstens ein paar Zentimeter nach links oder nach rechts schieben oder drehen, damit ich sie aus verschiedenen Perspektiven studieren kann.«

»Du kannst dir doch ein Buch mit Abbildungen von einer Walther PPK besorgen und sie davon abzeichnen. Oder aus dem Internet. Von mir aus kannst du auch Fotos von ihr machen, hier und jetzt. Das muss doch als Vorlage reichen.«

»Helmut, du bist kein Künstler. Vielleicht fällt es dir schwer, das zu verstehen, aber ich brauche ein echtes Modell, kein Bild. Ich muss die Waffe in sämtlichen Dimensionen erfassen. Ich muss Angst, Respekt vor ihr haben. Das habe ich nicht vor einem Bild.«

»Du weißt ja, wie genau der Andreas arbeitet, Papa«, sagte Astrid. »Er macht keine halben Sachen. Du bist in der Beziehung ja nicht anders. *Wenn, dann g'scheit,* das sagst du doch selber immer.«

»Ich versteh nichts von Kunst. Aber ich weiß, dass ich diese Pistole in meinem Waffenschrank zu verwahren habe. Den Waffenschein wäre ich schnell los, wenn mich jemand dabei erwischt, dass ich sie aus der Hand gebe.«

»Niemand wird dich erwischen, Papa. Andreas braucht sie nur ein, zwei Tage. Man wird dich nicht gerade dann kontrollieren kommen.«

»Eher drei Tage«, warf Bogner ein. »Allerhöchstens vier. Sofern das machbar wäre?«

»Machbar ist es, ehrlich gesagt, nicht.«

»Tu doch dem Andreas diesen einen Gefallen, Papa.«

»Ich geb dir dafür eine der Zeichnungen. Ein Original.«

»Die Zeichnung kannst du dir behalten. Gebt mir lieber euer Wort. Ich würde dir die Pistole am Mittwoch früh persönlich in dein Atelier bringen und sie spätestens am Freitag wieder abholen.«

»Das wäre großartig. Danke, Helmut!«

»Aber das, was du vorhin gesagt hast, dass sie geladen sein sollte, das ist wohl nicht dein Ernst, oder?«

»Ich kann mir vorstellen, dass das in deinen Ohren übertrieben klingt. Doch ich möchte eben eine scharfe Waffe zeichnen, in ihrer ganzen Gewalt, mitsamt ihrer tödlichen Ausstrahlung ...«

»Blödsinn. Du siehst keinen Unterschied, ob die geladen ist oder nicht.«

»Sehen vielleicht nicht, aber spüren sehr wohl. Eine leere Waffe strahlt niemals dieselbe Gefahr aus wie eine geladene. Wenn ich weiß, dass sie nicht geladen ist, kommt sie mir harmlos vor. Dann könnte ich genauso gut eine Fotografie abzeichnen.«

Am Mittwochvormittag hatte Helmut schlussendlich die

Pistole ins Atelier gebracht. Doch er verschwieg Bogner, dass sie lediglich mit Platzpatronen geladen war. Nur Astrid setzte er darüber in Kenntnis. Ein Laie wie Andreas würde keinen Unterschied zwischen Zentralfeuerpatronen und Markiermunition bemerken, sagte Helmut.

»Lassen wir ihn in dem Glauben, die Waffe sei scharf. Dann hat er seine Freude.«

»Das ist eine gute Idee, Papa«, sagte Astrid.

■

PROTOKOLL DR. WERNER GNESSEL

THERAPEUTISCHE SITZUNG ANDREAS BOGNER,

MONTAG, 26.3.2018

»Sie sind auffallend schweigsam heute, Herr Bogner. Sie wissen, ich werde Sie nicht drängen. Sie können, wenn Sie wollen, fünfzig Minuten lang nichts sagen und wieder heimgehen. Doch natürlich ist das nicht Sinn der Sache. Wir haben die Vereinbarung zu einer Gesprächstherapie geschlossen. Sie bezahlen mich. Ich bin Ihr Therapeut. Mir können und sollten Sie sagen, was Ihnen auf dem Herzen liegt. Das hilft mir, mir ein Bild von Ihrem Zustand zu machen, und es hilft Ihnen, das eine oder andere loszuwerden, das Sie beschäftigt. Ich erinnere Sie daran: Hier in diesem Raum, in unseren fünfzig Minuten jeden Montagvormittag gibt es keine Tabus. Sie können über alles reden, und sei es Ihnen noch so unangenehm oder peinlich.«

»Es ist nicht so, dass mir etwas peinlich wäre und ich es vor

Ihnen verbergen will. Mir fällt nur gerade nichts ein, das Sie interessieren würde.«

»Was mich interessieren könnte oder nicht, darüber müssen Sie sich keine Gedanken machen. Sie sind nicht hier, um mich zu unterhalten.«

»Ich bin vertieft in meine aktuelle Arbeit, das ist alles. Ich sitze zwar auf diesem Sessel Ihnen gegenüber, im Kopf aber bin ich nicht bei Ihnen, sondern stecke ich mitten in den Tuschezeichnungen, die ich gerade anfertige. Ich habe die Arbeit an einer Serie über die Waffen der Menschheit aufgenommen. Seit einer Woche liegt als Modell ein professioneller Pfeil und Bogen, den ich angemietet habe, in meinem Atelier auf. Nächste Woche hoffe ich, eine geladene Pistole auf dem Arbeitstisch liegen zu haben. Ich bin voll und ganz mit diesen Objekten beschäftigt. Ich spreche derzeit mehr mit dem Pfeil und Bogen als mit Astrid, meiner Frau. Denken Sie, das ist mir peinlich und ich sage es Ihnen deshalb nicht?«

»Nein, das denke ich nicht.«

»Wahrscheinlich finden Sie, ich bin manisch besessen von meiner Arbeit. Vielleicht haben Sie recht. Doch es geht nicht anders. Wer Kunst produzieren will, die über das Durchschnittliche hinausgeht, landet unausweichlich in Dimensionen, die Außenstehende nicht nachvollziehen können. Es ist wie beim wissenschaftlichen Arbeiten. Forscher dringen in Bereiche vor, welche Menschen, die nicht vom Fach sind, unbegreiflich bleiben. Ich bin eine Art Forscher. Und während ich mich auf Forschungsreise befinde, kann ich mit jemandem wie Ihnen nicht darüber reden. Sie würden bloß den Kopf schütteln.«

»Mit wem können Sie darüber reden?«

»Das ist eine gute Frage.«

»Mit Ihrer Frau?«

»Nein.«

»Mit Kollegen, Freunden, Bekannten?«

»Ich habe viele Bekannte. Seit meiner Geburt lebe ich in dieser Stadt. Sobald ich außer Haus gehe, treffe ich auf irgendjemanden, den ich kenne. Manchmal wechsle ich die Straßenseite, um nicht in ein Gespräch verwickelt zu werden, das mir bloß Zeit und Konzentration raubt. Mit ein paar alten Schulfreunden gehe ich hin und wieder ein Bier trinken. Doch mit ihnen rede ich nicht über Kunst. Auch mit den Kollegen im Schachverein nicht. Wir unterhalten uns ausschließlich über Spielzüge und Taktiken. Eine einzige Fachsimpelei.«

»Mit Künstlerkollegen könnten Sie doch ebenso fachsimpeln, nicht?«

»Es gibt kaum Künstler in dieser Stadt, die ich ernst nehme. Und diejenigen, die mir einfallen, sind schrullige Gestalten. Einzelgänger, Spinner, ich sag's Ihnen, die hätten eine Therapie notwendiger als ich. Würde ich Teil einer relevanten Kunstszene sein wollen, müsste ich in eine größere Metropole ziehen. Doch das will ich nicht.«

»Warum nicht?«

»Ich wähle nie den einfachen Weg.«

Pause.

»Überhaupt ist Astrid ja fest in Innsbruck verankert. Ihr Vater wohnt hier. Würde ich wegziehen, hieße das, meine Frau zu verlassen. Ich verbringe zwar nicht so viel Zeit mit ihr, wie ich sollte, dessen bin ich mir bewusst, aber ich will sie nicht verlieren. Sie akzeptiert mich, wie ich bin. Ich habe meine Berufung, wie sie ihren Beruf habe, so drückt es Astrid aus.

Sie respektiert, dass ich den Großteil meiner Zeit und Energie meiner Kunst widme. Das ist mein gutes Recht. Auch wenn ich keinen Nullachtfünfzehn-Beruf ausübe, sorge ich für Sicherheit. Ich habe die Wohnung in der Speckbacherstraße für uns gekauft. Die Fixkosten gehen von meinem Konto ab. Astrid ist Kassenärztin. Sie engagiert sich gern in Non-Profit-Angelegenheiten, sozialen Projekten, Flüchtlingsorganisationen, Benefizveranstaltungen. Das kann sie, weil sie mich hat. Woher mein Geld kommt, ob ich Bilder verkaufe oder einfach gut geerbt habe, spielt doch keine Rolle. Ich bin kein Loser. Ich erarbeite mir gerade etwas, das ich auch ohne dieses Erbe meines Vaters erlangen würde. Aus eigenen Stücken. Ohne Hilfe von außen. Ohne Freunderlwirtschaft, ohne Schleimerei, ohne, dass ich irgendjemandem zu irgendetwas verpflichtet sein müsste.«

Lange Pause.

»Ich würde Ihnen einen Vorschlag machen wollen, Herr Bogner. Lassen Sie uns eine Imaginationsübung machen.«

»Imaginationsübung?«

»Es geht darum, innere Bilder zu erzeugen. Ich werde Sie anleiten. Sie schauen einfach, welche Bilder auftauchen. Die Übung heißt ›Sicherer Ort‹. Jeder Mensch braucht ja Sicherheit in sich, einen Anker, einen inneren Raum, in dem er sich geborgen fühlt und wohin er sich bei Bedarf zurückziehen kann.«

»Sie wissen, ich bin nicht esoterisch veranlagt.«

»Das hat nichts mit Esoterik zu tun. Ich würde Ihnen empfehlen, es auszuprobieren. Wenn Sie wollen, legen Sie sich auf die Couch. Normalerweise gelingt es besser, liegend zu entspannen. Machen Sie es sich so bequem wie möglich. Schließen Sie die Augen oder fixieren Sie einen Punkt an der Decke.«

»Achtung: Ich schnarche. Sagt Astrid.«

»Sie werden nicht einschlafen, Herr Bogner. Vertrauen Sie mir. Haben Sie eine angenehme Stellung gefunden?«

»Ja.«

»Dann achten Sie bitte darauf, was genau Sie jetzt an Ihrem Körper spüren. Wo berührt er die Couch? An welchen Stellen spüren Sie Wärme? Druck? Fühlen Sie die Schwerkraft? Achten Sie auf Ihren Atem. Lassen Sie ihn kommen und gehen. Verfolgen Sie, wie sich Ihr Brustkorb hebt und senkt. Wie sich die Bauchdecke hebt, senkt.

Nun lassen Sie vor Ihrem inneren Auge ein Bild entstehen. Stellen Sie sich einen Ort vor, an dem Sie sich sicher und wohlfühlen. Vielleicht ist es ein Ort, den Sie kennen, ein Garten, eine Waldlichtung, ein Strand, ein Platz, der Ihnen viel bedeutet, wo Sie sich gut aufgehoben fühlen? Stellen Sie sich ihn genau vor. Erkennen Sie bestimmte Sachen? Wolken, Bäume, Gras, vielleicht auch Möbel? Hören oder fühlen Sie etwas Besonderes? Das Plätschern eines Baches? Einen Luftzug? Die Strahlen der Sonne? Vielleicht können Sie etwas riechen? Blumen vielleicht, oder das Meer? Gehen Sie ganz in Ihre Sinne, erforschen Sie diesen Ort, als wären Sie das erste Mal dort. Erinnern Sie sich, dass Sie an diesem Ort geborgen sind. Eventuell tauchen schwierige Dinge auf, etwas Unbehagliches, sogar Bedrohliches? Lassen Sie es weiterziehen. Machen Sie sich bewusst, dass all dies nur Vorstellungen sind. Wenden Sie sich den angenehmen Empfindungen zu. Sie sind in Sicherheit. Genießen Sie dieses Gefühl. Lassen Sie sich ganz hineinfallen. Entspannen Sie komplett.«

Lange Pause.

»Imaginieren Sie um diesen Schutzraum herum nun eine Grenze, sodass nur jemand dorthin kommt, den Sie bewusst einladen. Niemand sonst hat Zutritt, nur geladene Gäste, Freunde, vielleicht auch ein Haustier, ein Hund, eine Katze, vielleicht sogar ein Fantasiewesen? Ein Schutztier jedenfalls, ein Wesen, das Sie begleitet und zu dem Sie volles Vertrauen haben.«

Pause.

»Spüren Sie erneut in sich hinein. Hat sich etwas verändert in Ihrem Körper? Vielleicht ist die Atmung tiefer geworden? Haben die Gedanken etwas bewirkt? Hat sich Ihr Herzschlag verändert? Spüren Sie eine neue Wärme?«

Pause.

»Kommen Sie langsam wieder zurück ins Therapiezimmer. Das Bild Ihres inneren Raums gleitet in die Ferne. Sie aber wissen, dass es weiterexistiert. Wann immer Sie es brauchen, können Sie darauf zurückgreifen. Dieses Bild ist in Ihnen, es ist ein Teil von Ihnen. Jederzeit können Sie auf diese Weise entspannen und Kraft tanken. Jetzt aber, für heute, öffnen Sie die Augen. In Ihrem eigenen Tempo. Nehmen Sie sich die Zeit, die Sie …«

»Ich bin schon wieder bei Ihnen, Herr Doktor. Das war keine sonderlich große Reise, auf die Sie mich geschickt haben. Es bedarf weder großer Fantasie noch Konzentration, diesen Ort in mir zu finden. Ich kenne ihn. Es …«

»Sie müssen es mir nicht verraten, Herr Bogner. Das ist ganz Ihr Raum, Ihr Rückzugsgebiet, es geht niemanden sonst etwas an.«

»Es ist mein Atelier. Warum sollte ich es nicht verraten?

Ganz oben im vierten Stock in der Dreiheiligenstraße 19 liegt
mein Versteck vor der Welt. Ich bin ein bisschen wie diese Hi-
kikomori, die japanischen Aussteiger, die sich aus der Welt
und Gesellschaft ausklinken und ihr Zimmer praktisch nie
mehr verlassen. Sie fühlen sich nur in diesen vier Wänden
wohl und in Sicherheit. Genau das ist das Atelier für mich:
mein Kokon. Ich muss mir keine Waldlichtung oder sonst was
vorstellen. Mein Atelier ist alles, was ich brauche. Freitag-
abends muss ich mich regelrecht dazu überwinden, das Atelier zu verlassen, wenn Astrid zu Hause für uns kocht. Und
immer seltener schaffe ich es dienstags in den Schachverein.
Und obwohl es jede Menge Geschäfte in meiner Umgebung
gibt, lege ich mir einen Vorrat an, sodass ich möglichst selten
hinausgehen muss, um einzukaufen. Mein gesamtes Dasein
verlagert sich von Jahr zu Jahr mehr ins Atelier. Ich kann es
immer weniger leiden, dort gestört zu werden. Nie lass ich
mir etwas vom Lieferservice bringen. Ich öffne die Tür nicht,
wenn die Glocke läutet. Ich will nicht, dass jemand in mein
kleines Reich eindringt. Selbst Astrid kommt mich praktisch
nie mehr besuchen. Ich gehe zu ihr, nicht sie zu mir. Und
wenn es sich nicht vermeiden lässt, dass ich jemanden im
Atelier empfangen muss, etwa um einem Galeristen oder Kurator aktuelle Arbeiten zu präsentieren, dann spüre ich die
Erleichterung, wenn die Sache überstanden ist. Ich begleite
den Besucher zur Tür, und eine Last fällt von mir ab, wenn die
Tür hinter ihm ins Schloss fällt. Manchmal, wenn ich arbeite, höre ich durch die Tür Frau Perlhofer draußen im Stiegen-
haus. Dann verharre ich an meinem Tisch und hoffe, dass
sie nicht unter irgendeinem Vorwand zu mir heraufkommt
und anklopft, weil sie etwas von mir will, wie sie es manchmal

tut. Würde ich eines Tages mein Atelier verlieren; ich wüsste nicht, was ich tun soll.«

■

AM DONNERSTAGABEND VERSCHWIMMEN die Konturen der Walther PPK vor Bogners Augen. Er ist erschöpft, er muss es sich eingestehen. Über zwanzig Arbeitsstunden hat er in voller Konzentration vor dieser Waffe verbracht, etliche Skizzen liegen auf einem Stapel vor ihm, drei Tuschezeichnungen sind vollendet. Vor allem die letzte scheint Bogner gelungen zu sein. Erst mit genügend Abstand aber wird er dies wirklich beurteilen können. Morgen wird Helmut die Waffe wieder abholen kommen. Im Moment kann Bogner nichts mehr tun.

Immer diese Skepsis, die an ihm nagt. Sobald ein Bild fertiggestellt ist, zweifelt Bogner an dessen Qualität. Genügt es seinen perfektionistischen Ansprüchen? Ist wirklich alles daran genau so, wie es sein sollte? Noch nie ist Bogner mit gänzlicher Zufriedenheit von seinem Arbeitstisch aufgestanden.

Nun geht er in die Küche des Ateliers und öffnet eine Flasche Rotwein. Das hilft normalerweise. Der Alkohol erleichtert den Übergang von der Anspannung der Arbeit in die notwendigen Erholungsphasen. Bogner schneidet ein paar Scheiben Brot ab, bestreicht sie dick mit Butter und holt die pikanten Kaminwurzen aus dem Kühlschrank, die er über alles liebt. Er schaltet das kleine Küchenradio an. Heute, am 5.4.2018 um 21:05 Uhr, wird eine Sendung ausgestrahlt, in der es um die Situation und das Schaffen zeitgenössischer heimischer Künstler geht. Kurt Niederer ist als einer der Diskussionsteilnehmer angekündigt.

Bogner isst, trinkt und hört zu, was über die österreichische Kunstszene berichtet wird. Weite Teile des Diskurses kann er nachvollziehen. Nach einer Weile ergreift Kurt Niederer das Wort.

»Ich will exemplarisch den Innsbrucker Künstler Andreas M. Bogner anführen. Sie werden ihn nicht kennen, aber er erscheint mir als treffendes Beispiel dafür, wie verkrampft heutzutage nach sozialpolitischer Aktualität gelechzt wird. Ich verfolge Bogners Arbeiten, nicht weil sie sonderlich anspruchsvoll wären, sondern weil sie ein Zeitphänomen ausdrücken. Egal, welche Stilmittel dieser Künstler verwendet – hierin scheint mir eine gewisse Beliebigkeit erkennbar –, jedes seiner Werke ist überfrachtet mit pathetischer, leicht durchschaubarer Gesellschaftskritik. Er traut dem Kunstpublikum kein eigenständiges Denken zu. Unablässig zeigt ein moralischer Finger auf eine Menschheit, von der sich der Künstler selbst ausklammert. Andreas M. Bogner ist einer jener elitären, in die Jahre gekommenen Rich Kid Artists, die im Grunde keinen Strich tun müssten und dennoch jene Striche, die sie mehr aus Langeweile denn Überzeugung zu Papier bringen, in berufsjugendlicher Selbstüberschätzung als Beitrag zum politischen Diskurs empfinden. Anstatt Themen zu setzen, hecheln sie dem Weltgeschehen hinterher. Heraus kommen technisch saubere, aber zahnlose, bedeutungsschwangere Werke. Es ist nichts als die Zurschaustellung der eigenen Oberflächlichkeit. Der alte Vorwurf an bildende Kunst, sie diene nur dem Äußeren, Ästhetischen, drängt sich auf, gerade weil hier das Gegenteil behauptet wird. Kunst entsteht, die weder ihren hochtrabenden Ansprüchen genügt noch durch einen innovativen kompositorischen Ansatz überzeugt. Nichts als eine Fingerübung ist sie letztlich.«

Bis ins Innerste fressen sich die Sätze in Bogner hinein. Kurt Niederer hat ein Urteil gefällt. Wahrscheinlich führt er seine Meinung sogar noch weiter aus, aber Bogner dreht ruckartig das Radio ab. Er kann es nicht länger über sich ergehen lassen.

Stumm bleibt Bogner eine Weile lang am Küchentisch sitzen. Rein äußerlich reagiert er nicht. Was soll er auch sagen? Er kann sich nicht zur Wehr setzen. Er leert den Rest aus der Weinflasche in sein Glas. Er trinkt in großen Schlucken. Am Glas in seiner Hand merkt er, dass er zu zittern beginnt, je länger es still ist, desto mehr. Niederers Sätze stehen eingefroren im Raum. In endlosen Wiederholungen bauen sie sich über Bogner auf. Niederer wird nach wie vor referieren, vermutet Bogner. Ohne Rücksicht, ohne Skrupel wird er weiterreden. Wie viele Zuhörer hat diese Sendung? Sitzt jeder, der sich für zeitgenössische Kunst interessiert, heute vor dem Radio?

Bogner erkennt, dass er einen Schnaps braucht, um sich zu beruhigen. Er holt den Obstler aus dem Küchenschrank. Er schenkt sich ein Glas ein. Den zweiten Schluck nimmt er direkt aus der Flasche.

Dann steht er auf. Kurz schwindelt ihm, und er muss sich an der Tischplatte festhalten. Er geht zum Kleiderschrank und zieht seinen schwarzen Kapuzenpullover an. Er wirft die Lederjacke über. Er macht die paar Schritte vor zum Arbeitstisch und ergreift die Pistole, die dort als Modell aufliegt.

Nehme ich die Waffe in die Hand, kippt sie nach hinten, in

den Handballen hinein, hat er am Vortag in seinen Arbeitsnotizen geschrieben. Nun liegt die Pistole wie ein enger Ver-
trauter in Bogners Hand. Sie gibt ihm Halt. Am liebsten würde er sie nicht wieder loslassen, aber er steckt sie in seine Jackentasche. Er zieht die Schuhe an und verlässt sein Atelier.

Nichts als eine Fingerübung. Zahnlos. Bedeutungsschwan-
ger. Die Worte kreisen durch Bogners Kopf, als er durch die
nächtlichen Innsbrucker Straßen geht. Der Regen fällt auf ihn
herab. Bogner stülpt die Kapuze über. Das bisschen Regen
stört ihn nicht weiter. Er spürt es kaum. Rich Kid Artist.

Mit nichts fühlt sich Bogner seit Tagen so verbunden wie
mit der Waffe, die nun in seiner rechten Jackentasche steckt.
Er befühlt sie mit der Hand, als müsste er sichergehen, dass
sie noch da ist. Derweil spürt er doch, wie ihr Gewicht an ihm
zieht. Unzählige Male hat Bogner in den letzten Tagen mit
seinem Finger über die Oberflächenstruktur dieser Pistole
gestrichen, um ein Gefühl für sie zu bekommen. Er hat die
Kälte des Metalls erahnt. Jetzt erst aber hat er sie tatsächlich
in die Hand genommen, wie sie in die Hand zu nehmen ist.
Erst jetzt begreift er sie als das, was sie ist. Als Feuerwaffe.

■

KURZ NACH 23 UHR verlässt Kurt Niederer das kleine ver-
rauchte Wirtshaus am Wiltener Platzl. Nicht nur Bogner
weiß, dass das »Platzl« Niederers Stammbeisel ist. Jeder in
der Innsbrucker Kunstszene wundert sich darüber, warum der
Kritiker gerade dieses vollkommen unhippe Lokal aufsucht.
Wahrscheinlich gerade deshalb: weil niemand sonst auf die

Idee kommen würde, hier etwas trinken zu gehen. Niemandem sonst, der etwas auf sich hält, gefällt diese Gaststätte.

Bogner lungert seit fast einer Stunde auf der schräg gegenüberliegenden Seite der Leopoldstraße herum. Ganz am Rand des Kaiserschützenplatzes steht er, einem kleinen, schmucklosen Stadtpark mit viel Gestrüpp und einer einzigen Bank, im Schatten eines Gebüschs, die durchnässte Kapuze tief über seinen Kopf gezogen. Unablässig blickt Bogner hinüber zum Wiltener Platzl und wartet, bis die Tür sich öffnet und Niederer sein Stammlokal verlässt.

Jetzt ist es so weit. Niederer tritt auf den Gehsteig. Träge bewegt er sich in Bogners Richtung. Auch Niederer hat getrunken. Er schlenkert. Ohne auf möglichen Verkehr achtzugeben, überquert er die Leopoldstraße, als könne er sich sicher sein, dass hier um diese Zeit kein Auto entlangfährt. Er hat es nicht weit zu seiner Wohnung, von seinem Schlafzimmer aus kann Niederer sogar den Kaiserschützenplatz sehen. Schon hunderte Male ist er diesen Weg gegangen. Noch nie ist er beim Kaiserschützenplatz aufgehalten worden. Nun aber tritt plötzlich Andreas Bogner aus dem Dunkel des Parks heraus auf den Gehsteig und verstellt dem Kunstkritiker den Weg.

Bogner hat sich lange überlegt, was er Niederer ins Gesicht sagen will. Doch jetzt, da er ihm tatsächlich gegenübertritt, kommen ihm die Worte nicht mehr in den Sinn. Wieso Niederer in aller Öffentlichkeit diese Sachen über ihn sage?, hätte er ihn fragen wollen. Und was er Niederer denn getan habe, dass er ihn dermaßen anfeinde? Jetzt aber ist es zu spät, um Fragen zu stellen.

Niederer schreckt zurück, als aus dem Nichts heraus diese dunkle Kapuzengestalt vor ihm auftaucht.

Wortlos greift Bogner in seine Jackentasche und holt die Pistole hervor.

»Hey!«, setzt Niederer zu schreien an.

Er sieht, wie der Mann vor ihm ohne Vorwarnung den Arm ausstreckt und mit der Waffe direkt auf ihn zielt. Niederer gerät in Panik und versucht, sich in Deckung zu bringen. Er springt zwischen zwei geparkten Autos hindurch auf die Straße. Im selben Moment drückt Bogner ab. Er kneift die Augen zusammen, während er schießt, als möchte er gar nicht sehen, was er trifft. Bogner hört den Knall. Den Aufprall. Ein ohrenbetäubender Lärm. Ganz Wilten muss ihn gehört haben.

Nun gerät auch Bogner in Panik. Was, zum Teufel, macht er hier? Er sieht das Licht eines vorbeifahrenden Fahrzeugs. Scheinwerfer. Bogner duckt sich sofort, versteckt sich im selben Gebüsch, aus dem er zuvor gestiegen war. Durch das Gestrüpp hindurch flüchtet er rücklings, die Pistole nach wie vor in der Hand, zum hinteren Teil des Parks. Hier ist kein Licht, kein Auto, nichts. Von hier aus gelangt Bogner auf die Franz-Fischer-Straße. Er steckt die Waffe zurück in seine Jacke und beginnt zu laufen. Intuitiv hält er sich im Schatten der Straßenbeleuchtung. Er erhöht das Tempo. Bald rennt Bogner, so schnell er kann. Er kann keinen einzigen klaren Gedanken fassen. Das Einzige, was er weiß, ist, dass er so schnell wie möglich fortkommen muss von diesem Ort.

Eine dunkle Gestalt hetzt durch die regennassen Straßen und Gassen der Innsbrucker Innenstadt.

Da war ein Auto. Stückweise kehrt Bogners Bewusstsein zurück. Da war ein Auto, überlegt er. Niederer ist direkt vor dieses Auto gesprungen. Der Fahrer dieses Autos wird die Rettung verständigen.

Wenigstens hat er Niederer nicht getroffen. Oder hat er doch? Nein. Niederer war schneller als er. Niederer hat schnell genug reagiert. Hoffentlich hat er schnell genug reagiert.

Der Schuss, den Bogner abgegeben, der einzige Schuss, den er jemals abgefeuert hat, steckt noch immer in seinen Ohren fest. Ein schrilles Pfeifen begleitet ihn Schritt um Schritt. Es schmerzt in seinem Kopf und raubt ihm den Verstand.

Als Bogner den Bozner Platz erreicht, verlangsamt er allmählich. Er würde nur Aufmerksamkeit auf sich lenken, würde er weiterrennen.

Die Pistole zieht seine Jacke nach unten. Bogner hat Angst, dass sich ein weiterer Schuss lösen könnte. Die Waffe ist nach wie vor entsichert. Er hat nun ein vollkommen anderes Verhältnis zu dieser Pistole als noch vor einer Stunde. Sie ist kein Verbündeter mehr. Sie ist unberechenbar. Eine Gefahr, eine augenblickliche Bedrohung. Bogner muss diese Walther PPK loswerden. So rasch wie möglich.

Inzwischen wird wohl bereits ein Rettungswagen zum Tatort gekommen sein, denkt er, hofft er. Niederer wird versorgt werden. Es wird ihm nicht viel passiert sein. Er wird mit dem Schrecken davongekommen sein. Und eigentlich war es ja genau das, was Bogner wollte. Ihm einen Schrecken einjagen. Der Schuss surrt in seinen Ohren.

Über die Amraser Straße erreicht Bogner den Rapoldipark, der nachts einen schlechten Ruf genießt. Bogner hat diesen Park schon oft, auch nachts, durchquert und ist niemals in eine außergewöhnliche Situation geraten. Diesmal hat er Angst – obwohl er sogar bewaffnet ist. Die Waffe, die er bei sich trägt, stellt die größte Gefahr für ihn dar. Er muss sie so schnell wie möglich loswerden.

Die Sill, die am Park entlangfließt, bietet Bogner eine Möglichkeit, sich der Pistole zu entledigen. Bogner geht am Flussufer entlang und blickt sich um. Nirgends ist ein Mensch zu sehen. Hoch und reißend treibt die Sill in diesen Tagen das Schmelzwasser der umliegenden Berge durch die Stadt. Bogner bleibt stehen, schnauft durch, wieder und wieder blickt er in alle Richtungen. Dann zieht er die Pistole aus der Jacke und wirft sie in die Fluten, so weit es geht in die Mitte des Flusses hinein. Er hört den Aufprall auf dem Wasser nicht. Doch die Waffe ist verschwunden.

Sofort geht Bogner weiter. Sein Gleichgewichtssinn ist gestört, aber er versucht so zu gehen, als wäre nichts geschehen.

Bogner verlässt den Rapoldipark. Er überquert die Sill über die Dreiheiligenbrücke. Es sind nur mehr drei Häuserblocks bis zu seinem Atelier.

Niederer hat ihn nicht erkannt, versichert sich Bogner wieder und wieder. Niemand hat ihn gesehen, niemand ist ihm gefolgt. Und die Waffe ist er los. Das alles ist gut. Das Schlimmste ist bereits überstanden.

Als Bogner bei seinem Atelier ankommt, spürt er, wie ihn sämtliche Kraft verlässt. Er ist so schwach und erschöpft, dass er es kaum schafft, die Haustür aufzusperren. Er schleppt sich durchs Treppenhaus hoch in den vierten Stock. Es ist inzwischen weit nach Mitternacht. Wo ist die ganze Zeit verloren gegangen?

Bogner versucht, die Ateliertür so leise wie möglich zu öffnen und hinter sich zu schließen. Von innen sperrt er sie doppelt ab und lässt den Schlüssel stecken. Er ist komplett durchnässt. Er schlottert. Aber er ist zurück. In Sicherheit. Er hat es geschafft.

Ohne die nasse Kleidung auszuziehen, lässt sich Bogner auf den Fußboden sinken. Von innen lehnt er sich an seine verriegelte Wohnungstür. Er atmet schwer. Alles dreht sich. Ihm ist übel. Für den langen Rest der Nacht verharrt er in dieser Stellung.

Kurt Niederer wird leben und nicht wissen, was geschehen ist, denkt Bogner. Es ist gerade noch einmal gut gegangen. Niemand wird die Pistole jemals vom steinigen Grund des Flusses bergen. Bogner denkt alles und gar nichts gleichzeitig. Ein Flirren in seinem Kopf. Doch er ist am sicheren Ort. Davon wenigstens ist er überzeugt.

■

ERST AM NÄCHSTEN Morgen kann Bogner den einen oder anderen klaren Gedanken fassen.

Er muss auf dem Boden eingeschlafen sein. Mehr eine Ohnmacht als ein Schlaf.

Draußen dämmert der Tag. Die Feuchtigkeit seiner Kleidung ist Bogner bis in die Knochen gekrochen. Er friert. Er muss jetzt endlich aufstehen.

Bogner zieht sich aus und steigt unter die Dusche. Es werden Schmauchspuren zurückbleiben, dessen ist er sich bewusst. Schmauchspuren aber beweisen nichts.

Nachdem sich Bogner abgetrocknet und frisch angezogen hat, schiebt er den Kapuzenpullover und die restliche Kleidung, die er am Vortag getragen hat, in die Waschmaschine und startet das Waschprogramm.

Noch immer ist keine Einsatztruppe der Polizei im Atelier

aufgetaucht. Niederer würde wissen, wo Bogner zu finden ist. Niederer kennt diese Adresse. Er hat Bogner also nicht erkannt. Oder er ist gar nicht bei Bewusstsein.

Bogner stellt den Obstler zurück in den Schrank, von wo er ihn am Vorabend herausgeholt hat, und verstaut die leere Rotweinflasche in der Papiertüte mit Altglas, die an der Wand steht. Das Weinglas, aus dem er getrunken hat, wäscht er mehrfach mit Spülmittel ab, als könnte er dadurch wegwischen, was in dieser Nacht geschehen ist. Er trocknet es ab und schiebt es ganz nach hinten in den Schrank. Am liebsten würde er es zerschlagen. Doch die Schuld an dem Dilemma trägt nicht dieses Glas.

Um 6 Uhr 51 sitzt Bogner wieder an seinem Küchentisch. Seine Schläfen pochen. Er hält eine Tasse Kaffee in der Hand und blickt in den angebrochenen 6. April hinaus. Es hat zwar aufgehört zu regnen, aber der Himmel ist von dicken Wolkenschichten überzogen, durch die sich das Tageslicht kämpft. Bogner reibt an seinen Schläfen, so fest, als wolle er seinen Schädel aufbrechen. Er holt zwei Aspirin aus der Schublade und spült sie mit Wasser hinunter.

Dann schaltet er das kleine Küchenradio an. Heute hört Bogner keinen Kultursender, sondern dreht durch die Frequenzen, bis er Radio Tirol findet. In den Lokalnachrichten wird kein Mord, kein sonstiges Gewaltverbrechen gemeldet. Doch von einem nächtlichen Verkehrsunfall mit Fahrerflucht in der Leopoldstraße ist die Rede. Der angefahrene Fußgänger habe sich schwere Verletzungen zugezogen. Die Polizei bittet um sachdienliche Hinweise aus der Bevölkerung.

Bogner spürt, wie sich sein gesamter Körper verkrampft. Er presst die Ellbogen auf die Tischplatte, formt seine rechte

Hand zu einer Faust und umschließt sie mit der linken, so fest, dass sich die Fingernägel tief in die Haut hineinbohren. Vielleicht sollte er statt Kaffee Beruhigungstabletten zu sich nehmen?

Er steht auf und holt sein iPhone von der Fensterbank. Seit gestern Mittag hat er es nicht mehr angeschaltet. Wenn sich Bogner in die Arbeit vertieft, schaltet er das Handy aus. Auch wenn er pausiert oder Feierabend macht, hat er meist keine Lust, weder erreichbar zu sein noch online zu gehen. Manchmal vergisst Bogner tagelang, das Handy anzuschalten. Nun aber starrt er ungeduldig auf das Display. Fahrerflucht? Endlich ist das iPhone hochgefahren. Kein Anruf in Abwesenheit. Keine neuen Nachrichten, nur ein paar unbedeutende E-Mails sind eingegangen. Nichts von Relevanz.

Hektisch scrollt Bogner durch den News-Ticker der Online-Ausgabe der *Tiroler Tageszeitung*. Es dauert nicht lange, bis er auf die Meldung stößt.

Am Kaiserschützenplatz in Innsbruck/Wilten wurde am 05.04.2018 in der Zeit zwischen 23:00 und 23:30 Uhr ein 53-jähriger Innsbrucker beim Überqueren der Leopoldstraße von einem PKW angefahren und an den Gehsteigrand geschleudert. Der derzeit unbekannte PKW-Lenker setzte seine Fahrt ohne anzuhalten fort. Das Unfallopfer blieb bewusstlos am Straßenrand liegen und wurde mit lebensbedrohlichen Verletzungen ins Landeskrankenhaus Innsbruck eingeliefert.

Dieser Autofahrer ist nicht stehen geblieben. Er hat Niederer niedergefahren und nicht die Rettung alarmiert. Er hat ihn lebensbedrohlich verletzt. Oder hat Bogner ihn lebensbedrohlich verletzt?

Mit einem Mal beginnt Bogner heftig zu schwitzen. Ihm wird kalt und heiß zugleich. Tausend Ahnungen, Ängste, Vermutungen jagen durch seinen Kopf.

Ist Niederer 53 Jahre alt?

Auf Wikipedia ist zu lesen, dass Kurt Niederer, Journalist und Kunstkritiker, am 12. November 1964 in Innsbruck geboren wurde. Es besteht kein Zweifel mehr. Bogner hat diesen Mann auf die Straße, ins Verderben, womöglich sogar in den Tod getrieben. Kurt Niederer liegt im Krankenhaus. Ärzte versuchen, sein Leben zu retten.

Dieser verfluchte Autofahrer, denkt Bogner. Und diese verfluchte Pistole. Sie wenigstens ist entsorgt. Sie liegt, wo niemand sie finden wird. Die Strömung gräbt sie von Minute zu Minute tiefer in die Gesteinsschichten hinein, bringt sie fort aus der Welt. Doch nur mehr sechs Patronen sind in ihrem Magazin. Eine Kugel fehlt. Ist diese Kugel in einer Hausmauer, in einem Baum, weit entfernt auf dem Gehsteig oder im Gully gelandet? Oder doch in Niederers Arm, in seiner Schulter, seiner Brust, seinem Kopf?

Nein. Niederer wurde nicht angeschossen. Er wurde angefahren. Nirgends ist von einem Mordversuch die Rede. Noch nicht.

Dutzende Tusche- und Bleistiftskizzen der Walther PPK liegen auf Bogners Arbeitstisch. Diese Zeichnungen müssen so rasch wie möglich verschwinden. Tagelange Arbeit steckt in ihnen, und nun sind sie nichts als Beweise.

Vielleicht sollte sich Bogner auf der Stelle einen Anwalt nehmen? Er googelt die Nummer des Verteidigernotrufs. 0800376386, kostenfrei aus ganz Österreich. Doch einen Anwalt braucht nur jemand, der verdächtigt wird. Noch scheint niemand Bogner in Zusammenhang mit diesem Unfall zu bringen. Selbst wenn irgendwo diese eine Patrone gefunden werden würde, sie würde nicht auf Helmuts Pistole rückschließen lassen. Keine Spur führt zu Bogner. Er muss keine Angst mehr haben.

Als Erstes muss Bogner die Zeichnungen loswerden. Danach wird er die Sache mit Helmut regeln, wie auch immer. Ein paar Stunden bleiben ihm noch, sich irgendetwas einfallen zu lassen. Irgendwie sei ihm die Waffe abhandengekommen. Zeichnungen davon habe er noch keine gemacht. Es tue ihm wahnsinnig leid, wie alles gelaufen sei.

Bogner springt auf. Er sammelt alle Skizzen, alle Detailstudien zusammen, die er von der Walther PPK gemacht hat. Auch die drei fertiggestellten Tuschezeichnungen packt er dazu. Er legt den Papierstapel in einen Plastiksack. Er verschließt diesen gut mit Klebeband und steckt ihn in eine weitere Plastiktüte. Er holt die kleine Handschaufel vom Balkon und packt sie in einen Rucksack.

Im Treppenhaus trifft Bogner die alte Nachbarin, Frau Perlhofer, die zwei Stockwerke unter ihm wohnt. Sogar vor acht Uhr morgens ist sie schon damit beschäftigt, die Blumen, die sie auf ein Fensterbrett gestellt hat, zu gießen.

»Grüß Gott«, sagt sie.

»Grüß Gott.«

»Jetzt hat der Regen wieder aufgehört.«

»Ja. Fein.«

»Und ich muss meine Usambaraveilchen gießen, bevor sie verdursten.«

Usambaraveilchen. Wenn Bogner das nur hört. Diese spießbürgerlichen Pflanzen sind ein Anschlag auf sein ästhetisches Empfinden.

»Ja, tun Sie das«, sagt er.

Bogner geht zur Bushaltestelle. Mit Münzgeld löst er ein Ticket. Er nimmt den Bus bis zum Stadtrand. Von der letzten Haltestelle ganz oben in Sadrach, wo die Stadt ins Gebirge übergeht, zieht sich ein Waldweg entlang des Berghangs hinauf ins Massiv der Nordkette. Bogner marschiert zügig hinein in diese alpinen Wälder, die Innsbruck umgeben. Ein paar Wanderer zum Höttinger Bild sind unterwegs. Man grüßt sich kurz, nickt, mehr nicht. Als Bogner wenig später den Wanderweg verlässt und quer den Wald durchkreuzt, ist er allein, unbeobachtet, muss niemanden mehr grüßen. Er muss sich jetzt nur merken, wo genau er das Loch zu graben beginnt, sodass er die Stelle später, wann immer, wiederfinden kann. Bogner würde es nicht ertragen, diese Bilder, für die er so viel Aufwand getrieben hat, in Stücke zu reißen oder zu verbrennen.

Der Waldboden ist weich, matschig. Es dauert nicht lange, bis Bogner mit der Schaufel ein flaches Loch ausgehoben hat. Er ebnet den Boden der Aushebung und legt die Plastiktüte mit den Zeichnungen hinein. Fürsorglich streicht er die Tüte glatt. Er will nicht, dass sich die Bilder wellen. Dann schaufelt er das Loch hastig wieder zu. Kippt lose Erde darauf. Moos, Blätter.

Niemand wird hier jemals darauf stoßen. Wenigstens diese Zeichnungen sind in Sicherheit gebracht.

Bevor die Glocke der Dreiheiligenkirche zwölf Uhr schlägt, ist Bogner wieder zurück im Atelier. Das Handy, das er auf der Fensterbank liegen lassen hat, zeigt mehrere Anrufe in Abwesenheit. Drei Anrufe von Helmut Schierenbacher, und auch Astrid hat versucht, ihn zu erreichen.

Bogner hört die Nachrichten nicht ab. Er kann sich vorstellen, worum es geht. Er weiß, wie schnell die Geduld seines Schwiegervaters erschöpft ist.

Kurz darauf läutet die Türglocke. Einmal. Zweimal. Wieder und wieder. Bogner stellt sich tot. Das wird Helmut sein, denkt er. Es ist unmöglich, dem jetzt in die Augen zu blicken. Oder ist es die Polizei? Wie oft läuten Polizisten, bevor sie sich gewaltsam Zutritt verschaffen?

Irgendwann verstummt die Türglocke wieder. Eine fast bedrohliche, nahezu körperliche Stille breitet sich aus. Bogner horcht hinein in diese Stille. Keine Schritte im Hausgang, kein Türschlagen, keine Stimmen, nichts. Manchmal kann Bogner die erdrückende Stille kaum ertragen, die in seinem Atelier herrscht. Als wäre es ein Grab. Der Hinterhof, auf den seine Fenster zeigen, ist Tag und Nacht wie ausgestorben.

Um fünfzehn Uhr wird die Stille vom Läuten seines Handys unterbrochen. Die Klavierakkorde von *Bohemian Rhapsody*, die Bogner als Klingelton eingestellt hat, wiederholen sich.

Astrid. Schon wieder. Hat sie denn nichts Besseres zu tun, als zu versuchen, ihn zu erreichen?

»Andreas! Endlich erwisch ich dich! Wo steckst du?«

»Im Atelier. Wo sonst?«

»Ich versuche schon den ganzen Tag, dich zu erreichen. Wieso nimmst du nicht ab?«

»Ich hatte vergessen, das Handy anzuschalten. Ich war in die Arbeit vertieft. Du kennst mich ja.«

»Ich hoffe, du bist mit deiner Arbeit bald fertig. Der Papa will heute seine Pistole zurück. Das hast du hoffentlich nicht vergessen? Er hat schon zweimal bei mir angerufen, weil er dich nicht erreicht.«

»Bei mir hat er auch schon angerufen, sehe ich gerade.«

»Er sagt, er war heute Mittag bei dir. Du hättest nicht aufgemacht.«

»Hat er geläutet? Die Glocke ist kaputt. Das ist ja dumm.«

»Andreas, du weißt, wie korrekt mein Vater ist. Du musst ihn auf der Stelle zurückrufen und die Sache mit ihm klären.«

»Ja, logisch.«

»Versprich mir, dass du das sofort erledigst.«

»Weißt du, ich bin mit der Zeichnung noch nicht ganz fertig.«

»Erzähl das bitte ihm, nicht mir. Kommst du heute Abend zum Essen?«

»Heute Abend?«

»Es ist Freitag, Andreas!«

Ja, es ist Freitag. Bogner muss sich endlich zusammennehmen. Abends darf er sich nichts anmerken lassen. Astrid steht auf der Seite ihres Vaters. Durch Helmuts Waffe ist nun ein Keil zwischen Bogner und seine Frau getrieben. Astrid wird ihn, kaum ist er zur Tür hereingekommen, fragen, ob er Helmut endlich die Pistole zurückgegeben habe.

»Das riecht köstlich. Was gibt es denn heute?«, wird Bogner fragen.

Er wird den Wein entkorken, den er mitgebracht hat. Einen schweren Rotwein diesmal, einen Bordeaux vielleicht oder, besser noch, einen argentinischen Malbec. Den empfiehlt der Weinhändler doch schon seit Wochen. Der Malbec habe einen besonders lange anhaltenden Abgang.

Eine Stunde später überwindet sich Bogner. Er ruft Helmut zurück und erlangt Aufschub bis Sonntag.

»Dann gibt es keine Ausreden mehr!«

Zwei Tage hat Bogner nun wenigstens gewonnen.

■

AM SAMSTAGABEND SASS Nicolas Mutter zwei Stockwerke unter Nicola in der Bio-Fichtensauna der Hotelanlage im Bregenzerwald. Es war ein Glück, dass sich die Mutter in jenem Moment nicht im Zimmer befand. Nicola, auf dem Hotelbett liegend, durchstöberte auf ihrem Handy die Tiroler Nachrichtenportale. Sie stieß auf eine neue Meldung im News-Ticker:

Das Unfallopfer des Verkehrsunfalls mit Fahrerflucht, der sich Donnerstagnacht gegen 23:30 Uhr in der Innsbrucker Leopoldstraße ereignete, ist am Samstagnachmittag seinen Verletzungen erlegen. Es handelt sich um einen 53-jährigen Innsbrucker Journalisten, der von einem bislang unbekannten PKW angefahren und an den Gehsteigrand geschleudert wurde. Er erlitt tödliche Schädelverletzungen. Die Polizei sucht nach wie vor nach Zeugen dieses Unfalls. Sie werden gebeten, sich umgehend bei der Verkehrsinspektion unter der Tel.-Nr.: 059133–7591 zu melden.

Nicola hätte den Schrecken, den ihr diese Meldung einjagte, nicht vor ihrer Mutter verbergen können. Sie stieß einen kurzen Schrei aus und wurde kreidebleich. Sie meinte, sie müsse sich übergeben, sprang auf und rannte ins Badezimmer. Erst nachdem sie minutenlang den Kopf unter kaltes Wasser gehalten hatte, beruhigte sie sich einigermaßen.

Wacklig trat Nicola aus dem Bad zurück ins Zimmer. Sie vergewisserte sich, dass sie richtig gelesen hatte. Dann wusste sie mit Sicherheit: Sie hatte einen Menschen getötet.

Nicola schritt im Hotelzimmer auf und ab und kratzte sich die Haut von ihren Nagelbetten, bis ihr Daumen zu bluten anfing. Sie sei keine Mörderin, redete sie halblaut auf sich selber ein. Sie war zur falschen Zeit am falschen Ort gewesen. Sie konnte nichts dafür. Sie hätte diesen Zusammenprall nicht abwenden können, selbst wenn sie nüchtern gewesen wäre. Der Mann war ihr direkt vors Auto gesprungen.

Würde sich Nicola bei der Polizei stellen, würde man ihr fahrlässige Tötung vorwerfen, Im-Stich-Lassen eines Verletzten oder Ähnliches. Das würde diesen Mann nicht wieder lebendig machen. Einem Toten war nicht mehr zu helfen, und diejenigen, die unter seinem Tod litten, würden nicht weniger leiden, würden sie das Gesicht der Unglückslenkerin kennen. Sie würden ihr auf ewig einen Vorwurf machen. Sie hätten einen Namen, auf den sie ihren Hass projizieren konnten. Doch Hass und Leid würden dadurch nicht weniger werden.

Niemand wusste Bescheid. Das war das einzig Gute. Kein Mensch außer Nicola selbst wusste etwas. Mutter wusste bloß, was Nicola sie wissen hatte lassen. Es brachte nichts, der Mutter die ganze Wahrheit zu sagen, weil das Unfallopfer jetzt gestorben war. Nicola würde ihre Mutter bloß belasten.

Es wäre sinnlos, schmerzvoll, gemein. Es würde unendliche Komplikationen mit sich bringen, die Sache an sich aber nicht ändern. Nicola schützte ihre Mutter, indem sie ihr nicht alles verriet. Diese Unfallmeldung würde es nicht über die Lokalnachrichten hinaus schaffen und auch aus diesen rasch verschwinden. Nicolas Mutter durchforschte keine Innsbrucker Online-News-Portale. Sie war die »analoge Mutti«, die keine Gelegenheit ausließ, Stress, Hektik und Oberflächlichkeit zu beklagen, die die um sich greifende Digitalisierung der Gesellschaft mit sich brachte.

»Manche tun es schon«, hatte die Mutter mehr als einmal zu Nicola gesagt. »Es werden immer mehr, die sich ausklinken aus diesem Rausch, diesem Überfluss, diesem Wahn aus Konsum und Informationen. Du solltest dein Handy unbedingt öfter abschalten, Nicola. Das Gefühl, immer und überall alles gleichzeitig wissen zu müssen, tut niemandem gut.«

Nicolas Mutter hatte den Screenshot gesehen. Nicola hatte ihr fast alles gestanden. Den Rest musste sie für sich behalten. Das würde sie schaffen. Schon als sie noch klein war, hatte sie nicht alles zugegeben, was sie angestellt hatte. Nicola war nicht braver als Johanna. Das dachten alle bloß. Sollten sie es ruhig denken!

Plötzlich stand die Mutter in der Tür.

»Du bist ganz blass, mein Schatz. Hab ich dich erschreckt? Geht es dir nicht gut?«

»Doch, doch. Es geht schon, Mama.«

Nicola setzte sich auf den Lehnsessel, der im Eck des Zimmers stand.

»Wie war die Sauna, Mama?«

»Angenehm.«

»Nicht zu heiß? Du magst es doch nicht, wenn es zu heiß ist, oder?«

»Nicki: Ist es wegen dem Unfall? Hast du noch immer Angst, sie könnten dich erwischen?«

»Nicki … So hast du mich schon lange nicht mehr genannt.«

»Es ist jetzt zwei Tage her. Hätte es einen Hinweis gegeben, wären wir längst schon von der Polizei kontaktiert worden.«

»Wir sind ja gar nicht zu Hause. Vielleicht ist heute ein Streifenwagen in der Ankerstraße vorgefahren?«

»Hast du Gewissensbisse?«

»Ich glaube schon …«

»Das musst du nicht, mein Schatz. Du musst dir keine Vorwürfe machen. Es war nicht deine Schuld. Der Mann ist dir hineingesprungen, vielleicht war er betrunken? Er hat leichte Verletzungen davongetragen. Prellungen. Es ist nichts Schlimmes geschehen, und es wird nichts Schlimmes mehr geschehen. Ich habe mich um alles gekümmert. Wir haben eine Abmachung getroffen, Liebes.«

Nicola blickte aus dem Fenster. Wie ein Scherenschnitt lag die sanfte Berglandschaft vor ihr. Die Abenddämmerung ging in eine sternenklare Nacht über.

»Du hast ja recht«, sagte Nicola. »Aber ich bin …«

»Natürlich stehst du nach wie vor unter Schock. Bei wem wäre das nicht so? Doch das Leben geht weiter. Warum auch nicht? Alles andere wäre Unsinn.«

»Ja, Mama.«

»Vergiss nicht, es ist und bleibt unser Geheimnis. Wir reden nicht mehr davon. Mit niemandem. Auch untereinander nicht. Alles ist gesagt. Alles ist getan. Okay?«

»Ja, Mama ... Ich hab dich lieb, Mama.«

Nach dem Gespräch wollte Nicola noch allein ein wenig in der Dunkelheit spazieren gehen. Sie brauche ein wenig frische Luft, sagte sie.

»Vielleicht willst du kommende Woche lieber nicht nach Innsbruck fahren?«, fragte ihre Mutter. »Eine kleine Pause würde dir guttun. Du kannst doch sicher mal ein paar Vorlesungen versäumen, oder?«

»Ich schaff das schon. Montagnachmittag ist die nächste UV. Da muss und werde ich anwesend sein.«

»UV?«

»Übung mit Vorlesung. Die gibt vier ECs. ECs für meinen Workload, weißt du. Ich brauch dreißig Credits pro Semester.«

»Dreißig Credits also ... Wenn du meinst ... Studieren ist auch nicht mehr das, was es einmal war, das kannst du mir glauben.«

■

BOGNER HATTE SICH sorgfältig zurechtgelegt, was er seinem Schwiegervater am Sonntag erzählen wollte. Diese Ausrede, die er verwenden wollte, war das Glaubhafteste, was ihm eingefallen war. Er wollte behaupten, dass er die Pistole Mittwochabend zu einer Brücke über den Inn, außerhalb des Stadtgebiets, wo der Fluss entlang der Autobahn verlief, mitgenommen hatte, um einen Testschuss ins Wasser abzugeben. Es wäre essenziell für ihn und seine Arbeit gewesen zu erleben, wie sich ein Schuss mit der Pistole tatsächlich anfühlte. Bei dieser Aktion wäre ihm ein Missgeschick passiert. Er hätte ein Stück Holz in den Fluss geworfen und darauf gezielt. Als er den Schuss abgefeuert hätte, wäre ihm vor lauter Schreck die Waffe aus der Hand gerutscht und ins Wasser gefallen.

Helmut würde entsetzt sein, fassungslos, außer sich vor Wut und Enttäuschung. Doch was könnte er unternehmen? Früher oder später würde er den Verlust seiner Waffe melden müssen. Würde er angeben, dass er sie verliehen hatte – geladen noch dazu –, würde er sich strafbar machen, weil er gegen die Verwahrungspflicht verstoßen hätte. Das würde ihm nicht nur eine Ordnungsstrafe einbringen, sondern wahrscheinlich zum Verlust seines Waffenscheins führen. Ein solches Risiko würde Helmut nicht eingehen. Er müsste die Schuld auf sich nehmen und angeben, dass ihm selber die Pistole ins Wasser gefallen wäre. Die Polizei würde Taucher schicken, um die angebliche Flussstelle abzusuchen. Würde die Pistole nicht gefunden werden, würde das nichts beweisen.

Die Angelegenheit würde sich auf diese Weise regeln lassen. Doch Helmut würde Bogner für immer verachten. Durch nichts würde Bogner diesen Vertrauensbruch wieder wettmachen können. Sein Schwiegervater würde von nun an unablässig auf Astrid einwirken, bis schließlich auch sie das Vertrauen und jegliche Wertschätzung für ihren Mann verlieren würde.

War es das wert, seine Ehe mit so einer Lüge aufs Spiel zu setzen?, fragte sich Bogner. Oder war es ohnehin bereits zu spät, um noch irgendetwas retten zu können?

Sonntagmittag rief Helmut an. Bogner nahm den Anruf entgegen, es blieb ihm keine Wahl.

Helmut teilte ihm mit, dass er im Lauf der kommenden halben Stunde vorbeikommen und die Pistole abholen würde. In diesem Moment verlor Bogner den Mut und die Überzeugung, die vorbereitete Geschichte von sich zu geben. Er brachte es nicht über sich, den Schwiegervater derartig zu belügen und zu beschämen. Stattdessen behauptete Bogner, nicht zu Hause zu sein.

»Das Wetter ist so schön heute. Du weißt ja, dass Astrid und ich uns zurzeit viel zu selten sehen. Ich will dich da nicht hineinziehen, Helmut, aber Astrid und ich, das hast du ja auch bemerkt, wir entfremden uns ein wenig voneinander. Ich will nicht von einer Ehekrise sprechen, aber ich merke, dass wir aktiv etwas für unsere Beziehung tun müssen. Eines Tages wollen wir ja noch Kinder bekommen, weißt du. Wir haben spontan entschieden, heute einen Ausflug auf die Höttinger Alm zu machen.«

»Auf die Höttinger Alm?«

»Ich weiß, du wolltest heute vorbeikommen. Ich werde aber erst abends wieder im Atelier sein. Würde es dir passen, dann zu mir zu kommen? Oder soll doch ich die Pistole zu dir bringen?«

»Auf gar keinen Fall!«

Bogner wusste, dass sein Schwiegervater jeden Sonntagabend mit einer festen Gruppe alter Freunde in die Sauna und im Anschluss in ein Wirtshaus ging. Dieser Fixtermin war ihm außerordentlich wichtig. Es gab praktisch keinen Grund, der ihn davon abhalten könnte.

»Wir haben sonntags ja unsere Saunarunde und danach

den Stammtisch im *Anich*. Das kommt mir ungelegen, Andreas.«

»Wir können uns morgen, von mir aus auch übermorgen verabreden, wenn du da besser Zeit hast?«

»Andreas, du weißt, ich will das nicht ewig aufschieben. Morgen Vormittag hab ich ein paar Dinge zu erledigen. Ich ruf dich ab Mittag noch mal an, dann bringen wir die Sache endlich hinter uns.«

»Mir ist es auch unangenehm, Helmut, wenn das jetzt so lang dauert. Bitte glaub mir das. Ich danke dir für dein Verständnis. Wir sehen uns morgen!«

Als das Gespräch beendet war, atmete Bogner einmal tief durch. Er spürte ein Kribbeln bis in seine Fingerspitzen, als würden elektrische Impulse durch seine Arme jagen. Ohne Zeit zu verlieren, wählte er Astrids Nummer und schlug ihr vor, einen spontanen Sonntagsausflug auf die Höttinger Alm zu machen.

■

ASTRID FREUTE SICH über Bogners Vorschlag.

»Eine gute Idee«, befand sie.

Bogner holte sie in der Speckbacherstraße ab. Bevor sie zur Wanderung aufbrachen, aßen sie noch die Reste des Gemüseauflaufs, den Astrid am Vortag gekocht hatte, und tranken Kaffee. Kurz zogen sie sich ins Schlafzimmer zurück und sperrten die Katzen aus, um ungestört miteinander schlafen zu können. Dann nahmen sie die Bergbahn hinauf zur Hungerburg und marschierten los.

Zwei Stunden war das Paar bergauf gewandert und hatte nicht viel geredet, plötzlich fragte Astrid:

»Hast du eigentlich von diesem Kunstkritiker gehört? Diesem Niederer oder wie er heißt?«

»Niederer?«

»So hieß der doch, von dem du letztes Jahr erzählt hast. Der in der Jury gesessen ist und dein Projekt für die Sparkassenpassage abgelehnt hat. Du hattest dich doch so über den geärgert.«

»Der Kurt Niederer? Was ist mit dem?«

»Der ist gestorben. Ich hab's heute früh in den Nachrichten gehört.«

»Was?«

»Er ist wohl niedergefahren worden von einem Auto. Mitten in der Stadt.«

»Von einem Auto totgefahren?«

»Der Fahrer sei geflüchtet, hieß es. Donnerstagnacht sei es passiert, wenn ich mich recht erinnere. In der Leopoldstraße.«

Bogner verschlug es die Sprache. Doch er versuchte, sich nichts anmerken zu lassen.

»Er ist tot? Und sonst haben sie nichts gesagt?«, fragte er.

»Nur dass die Polizei um Mithilfe aus der Bevölkerung bitte. Es war eine kurze Meldung. Aber dieser Name ist mir gleich aufgefallen. Ein Kunstkritiker … Da musste ich sofort an dich denken. Du siehst, manchmal erfährt man doch was Interessantes, wenn man Radio Tirol hört.«

Auf der Höttinger Alm kehrten sie ein. Bogner trank drei große Bier. Am liebsten hätte er auch Schnaps bestellt, aber das kam ihm zu auffällig vor.

»Du hast aber einen Durst heute«, sagte Astrid.

Den Rückweg versuchte Bogner so rasch wie möglich hinter sich zu bringen. Wortkarg ging er voraus. An zwei steinigen Passagen knickte er mit dem Fuß um. Doch den Schmerz spürte er kaum.

»Was hast du es denn so eilig?«, fragte Astrid.

»Mir ist eine Idee für mein Projekt gekommen. Ich glaube, ich muss noch mal ins Atelier.«

Sobald Bogner abends zurück ins Atelier kam, schenkte er sich aus der Schnapsflasche ein, aus der er am Donnerstagabend getrunken hatte. Wäre die Pistole immer noch auf seinem Arbeitstisch gelegen, wäre es Bogner als sauberste Lösung vorgekommen, sich ihren Lauf in den Mund zu schieben und abzudrücken.

Er leerte den Rest des Schnapses in sein Glas. Der Alkohol drängte die Angst und die Verzweiflung ein wenig zurück. Doch am nächsten Morgen würde sich die ganze Misere erneut vor ihm aufbauen.

Ich bin ein Mörder, stellte Bogner fest.

Er hatte ein Motiv, und er hatte eine Tatwaffe gehabt. Früher oder später würde Helmut ihn anzeigen, weil Bogner die Pistole entwendet hatte. Auch würde irgendwann die abgefeuerte Patrone auftauchen. Bogner machte sich keine Illusionen mehr. Er hatte sich in etwas hineingebracht, aus dem er nicht wieder herauskam. Seine Ehe würde dieser Situation nicht standhalten und in absehbarer Zeit in die Brüche gehen. Und seine künstlerische Karriere war endgültig gescheitert.

»*Aufrüstung* nennen Sie also diese Serie von Tuschezeichnungen?«, hatte Kurt Niederer gefragt. Das war nun einen Monat her. Dieses Projekt, in das Bogner alle Hoffnung gelegt hatte, war wie Niederer gestorben. Es ließ sich nicht beschönigen. Bogner stand vor dem Nichts. Statt in Galerien würde er im Gefängnis landen. Es war seine eigene Schuld. Und selbst sein sicherer Ort war mittlerweile nicht mehr sicher. Jeden Moment könnten Eindringlinge auftauchen.

Bogner überlegte, ob es nicht das Beste wäre, so schnell wie möglich zurück nach Genua zu fahren? Er wusste doch, wie es funktionierte, geräuschlos aus der Welt zu verschwinden. Was blieb ihm übrig außer dem Verschwinden? Nur dafür war es noch nicht zu spät.

■

PROTOKOLL DR. WERNER GNESSEL
THERAPEUTISCHE SITZUNG ANDREAS BOGNER,
MONTAG, 9.4.2018

»Wie geht es Ihnen heute, Herr Bogner?«

»Nicht gut.«

»Nicht gut?«

»Nicht gut.«

Pause.

»Das ist ja nichts Neues. Ich würde nicht jeden Montag zu Ihnen kommen, ginge es mir gut.«

»Ich hatte durchaus das Gefühl, als wäre es Ihnen in letzter Zeit besser gegangen. Sie hatten von Ihrem aktuellen Projekt erzählt, von dem Sie sich so viel versprechen, diese Abbildungen von den Waffen der Menschheitsgeschichte, wenn ich mich nicht täusche.«

»Das Projekt ist abgebrochen. Ich habe mich da in etwas verrannt. Ich kann es nicht mehr weiterführen.«

»Warum?«

»Die Sache hat sich verselbstständigt. Sie ist aus dem Ruder gelaufen. Vollkommen danebengegangen. Ich bin gescheitert. Punkt. Schluss. Aus.«

Pause.

»Künstlerische Rückschläge, Herr Bogner, sind etwas völlig Normales. Darüber haben wir bereits gesprochen. Sie haben von diesen Höhen und Tiefen erzählt, die es gelte, immer wieder durchzumachen. Sie sagten, man komme in einer Sackgasse an und denke, es gehe nie mehr weiter. Doch dann finde sich wieder ein neuer Weg.«

»Diesmal nicht.«

»Wie können Sie sich so sicher sein?«

»Es hätte meine beste Arbeit werden können. Vier Tuschezeichnungen hatte ich schon fertiggestellt. Einen Faustkeil, einen Speer, einen Dolch, den Pfeil und Bogen. Und nun diese Pistole. Tagelang sitze ich mit ihr am Tisch. Die Oberflächenbeschaffenheit, die Mechanik, die Lichtbrechungen, jeden Millimeter von ihr studiere ich. Stückchenweise schäle ich ihren Charakter heraus. Ich war ganz nah dran an dieser Pistole, wissen Sie. Und jetzt ist alles weg. Verschwunden. Untergegangen. Wie ein Stein, den man versenkt.«

»Ich verstehe nicht.«

»Ich verstehe es selber nicht. Ich hatte diese Pistole, es war nicht meine, ich hatte sie ausgeliehen, das macht es noch schlimmer. Alles ist wirklich vertrackt, wissen Sie. Ich porträtiere diese Pistole. Und irgendwann stecke ich sie in die Jackentasche. Gehe hinaus auf die Straße. Mitten in der Nacht.

Dann ziehe ich sie heraus und drücke ab … Ich vertraue ganz auf Ihre Schweigepflicht, Herr Doktor, wenn ich Sachen wie diese erzähle.«

»Ich stehe unter ärztlicher Verschwiegenheitspflicht. Das wissen Sie. Darauf können Sie sich verlassen.«

»Es ist unmöglich zu beschreiben, was in so einem Moment im Kopf abgeht. Plötzlich hat man eine Pistole in der Hand. Man löst einen Schuss. Und ab diesem Moment ist nichts mehr, wie es war.«

»War die Waffe geladen?«

»7,65 mm. Zentralfeuerpatronen. Hat Helmut gesagt.« Pause.

»Mehr müssen Sie nicht wissen. Das Projekt ist beendet.«

»Sie müssen mir nichts erzählen, was Sie nicht erzählen wollen, Herr Bogner. Ich werde Sie zu nichts drängen. Aber vergessen Sie nicht: Wir haben hier keine Tabus. Nichts muss, aber alles kann gesagt werden. Es ist wichtig, Sachen auszusprechen. Es hilft uns zu erkennen, was wir tun und warum wir bestimmte Dinge tun, tun wollen oder vielleicht auch ungeschehen machen wollen.«

»Natürlich will ich es ungeschehen machen! Ich hasse mich für das, was ich getan habe. Doch die Zeit lässt sich nicht zurückdrehen. Auch Sie können den Lauf der Dinge nicht umkehren. Sie sitzen da, hören zu, kritzeln irgendwelche Notizen in Ihr Heft. Sie haben es leicht, sie müssen nicht mit den Konsequenzen leben. Meine ganze kleine Welt bricht gerade zusammen, verstehen Sie? Und ich weiß nicht einmal, wie es so weit kommen konnte. Wenn ich Ihnen sage, dass ich ein Mörder bin, was würden Sie tun? Sehe ich in Ihren Augen aus wie ein Mörder?«

»Ich wüsste nicht, wie ein Mörder auszusehen hätte, Herr Bogner. Man sieht es einem Menschen nicht an. Entscheidend ist, wie Sie es selber sehen.«

»Der Mann ist tot. Das wenigstens lässt sich sagen. Ansonsten weiß ich nicht, wo die Grenze zu ziehen ist zwischen Mord und versuchtem Mord oder Mordvorsatz. Besser höre ich auf damit, Ihnen irgendwelche Sachen zu erzählen, die Sie doch nicht verstehen. Statt mit Ihnen sollte ich mit einem Strafverteidiger sprechen. Oder am besten höre ich überhaupt auf zu sprechen, höre mit allem auf, je früher, desto besser. Am besten fahre ich wieder hinunter. Ich hatte ja meine Italienreise einmal erwähnt. Sie werden es in Ihren Notizen festgehalten haben. *War in Italien. Erzählt nichts Näheres.* Ich werde auch jetzt nichts Näheres erzählen. Wir alle wissen sowieso nie etwas Näheres, bis es zu spät ist. Dann stehen wir vor den Scherben und bereuen, was wir getan haben. Doch das hilft uns auch nicht weiter.«

»Es hilft immer, sich darüber bewusst zu werden, was wir tun. Vielleicht können wir das Geschehene nicht rückgängig machen, aber wir können es verstehen und lernen, damit umzugehen. Wir können Schlüsse daraus ziehen. Uns weiterentwickeln. Vermeiden, dass sich bestimmte Dinge wiederholen.«

»Es ist zu spät. Bitte sagen Sie jetzt nicht, es sei niemals zu spät. Ich bin seit einem halben Jahr Ihr Patient. Jeden Montag erscheine ich pünktlich und erzähle Ihnen mal dieses, mal jenes. Ich will ehrlich sein: Ich weiß nicht, ob ich nächsten Montag wieder hier erscheine. Ich denke nicht, dass ich länger warten kann. Ich muss fort, möglichst weit fort von allem.«

»Herr Bogner, vergessen Sie nicht, dass Sie, indem Sie vor

etwas davonlaufen, das Problem nicht lösen. Wo immer Sie hingehen, Sie tragen es mit sich mit. Ein Schuldgefühl werden Sie nicht los, indem Sie die Umgebung wechseln. Ich würde Ihnen dringend raten, unsere Gespräche fortzusetzen. Sie waren auf einem guten Weg. Im Augenblick sind Sie aus der Bahn geworfen, aber das wird sich wieder ändern. Ich empfehle Ihnen, sich aktiv der Sache, was immer es ist, zu stellen. Eine Gesprächstherapie kann Ihnen dabei helfen, essenzielle Trauerarbeit zu leisten.«

»Trauere ich?«

»Sie leiden unter etwas scheinbar Unumkehrbaren, das Sie Ihrer Ansicht nach selbst verschuldet haben.«

»Ich weiß nicht, wem oder was ich am meisten nachtrauern werde. Einem bestimmten Menschen, meiner Arbeit, meinem Leben? Man kann nur etwas nachtrauern, mit dem man glücklich war. War ich denn jemals mit irgendetwas wirklich glücklich, das ich erreicht habe? Ich denke nicht.«

»Herr Bogner, Sie wirken sehr aufgewühlt. In einer derartigen Verfassung können Sie weder Beurteilungen noch Entscheidungen treffen. Ich erinnere Sie daran: Wir haben eine Vereinbarung. Wir haben jeden Montag um 9 Uhr 30 einen Termin. Darüber hinaus können Sie mich jederzeit kontaktieren, sollten Sie in eine Notsituation geraten. Sie können sich auf mich verlassen. Aber auch ich erwarte, dass Sie unsere Abmachung einhalten. Kann ich mich darauf verlassen, dass Sie nächsten Montag wieder erscheinen, Herr Bogner?«

»Ich kann es Ihnen nicht versprechen, Herr Doktor.«

SPRACHNACHRICHT

MONTAG, 9.4.2018, 12:19

»Andreas! Nie gehst du ran, wenn man dich anruft. Kommst du heute Abend heim? Bitte melde dich, wenn du das hörst.«

■

IM ANSCHLUSS AN seine letzte Therapiesitzung geht Bogner zurück in sein Atelier, zieht ein Blatt Papier aus der Schublade und datiert es.

Liebe Astrid, schreibt er. *Wir werden uns nicht mehr sehen. Es tut mir leid, wie alles gekommen ist. Alles, was ich hinterlasse, vermache ich dir. Bitte kümmere dich um meine Sachen. Auch um meine Bilder, die du im Wald finden wirst, nicht weit vom Höttinger Bild entfernt. Vielleicht sind sie etwas wert? Gestern sind wir ziemlich nah gemeinsam dort vorbeispaziert, fast hätte ich es erwähnt. Unten findest du eine genau Skizze, wo du graben musst. Es sind Zeichnungen von der Pistole deines Vaters. Die Waffe selber ist leider für immer verschwunden, versenkt. Das kannst du ihm ausrichten. Er muss gar nicht erst anfangen, sie zu suchen. Soll er der Polizei erzählen, was er will. Und du kannst der Polizei bitte erzählen, dass ich es war. Ich habe auf Kurt Niederer geschossen. Frag mich nicht, warum. Auch falls er von einem Auto niedergefahren wurde; umgebracht habe ich ihn. Ich habe jetzt keine Zeit, noch mehr zu schreiben. Ich muss los. Ich habe keine Wahl. Mach's gut, A.*

Bogner fertigt den detaillierten Lageplan der vergrabenen Zeichnungen an, steckt den Brief in ein Kuvert und geht zum Postamt am Hauptbahnhof, um ihn aufzugeben. Er spürt eine Kälte in sich, eine neue Distanz, die er zu sich selber hat. Als würde er sich selbst dabei beobachten, wie er das Postamt betritt. Er sieht sich dabei zu, wie er alles regelt, was noch zu regeln ist.

Vor dem Schalter hat sich eine lange Schlange gebildet. Bogner reiht sich ein, hält den nötigen Abstand zu den anderen. Zwei Frauen vor ihm unterhalten sich ohne Unterlass, Bogner hört nicht hin. Der Mann mit Schirmmütze hinter ihm hat es anscheinend eilig und rückt immer wieder näher auf, als er müsste. In Bogners Jackentasche beginnt das Handy zu vibrieren. Es ist auf lautlos gestellt, ein Glück, denkt Bogner. Er nimmt es zur Hand. *Helmut Schierenbacher.* Hat der Schwiegervater also alles erledigt, was er vormittags erledigen wollte. Bogner drückt den Anruf nicht weg, sondern wartet, bis er an die Mobilbox weitergeleitet wird.

Helmut wird hartnäckig bleiben, das steht fest. Er wird anrufen und wieder anrufen. Er wird Astrid Bescheid geben. Er wird unangemeldet zum Atelier kommen und alles unternehmen, um endlich wieder in Besitz seiner verdammten Pistole zu kommen. Wenn Helmut nichts mehr von Bogner hört, wird er spätestens am nächsten Tag ein frisches Hemd und eine gebügelte Hose aus dem Schrank holen, seine Lodenjacke anziehen und den Jägerhut aufsetzen. Seinen Waffenschein, den Jagdausweis, seinen Reisepass sowie die leere Holzkiste, in der er normalerweise die Walther PPK im abgesperrten Waffenschrank verwahrt, wird er in eine Tasche stecken und sich auf den Weg zur Landespolizeidirektion machen, um Selbstanzeige wegen Verstoßes gegen die Verwahrungspflicht sowie Anzeige gegen seinen Schwiegersohn erstatten, der seine Pistole in Besitz genommen hatte.

Bevor Bogner das Handy zurück in die Tasche steckt, tippt er eine Nachricht, die er an seinen Therapeuten schickt:

Herr Dr. Gnessel. Rechnen Sie nicht mehr mit mir. Ich werde Ihnen keine Arbeit mehr machen. A. M. Bogner

Es dauert noch lange, bis Bogner endlich zu einem Postschalter durchgelassen wird und den Brief an Astrid aufgibt. Das Handy vibriert erneut in seiner Jacke, als er am Schalter steht. Bogner will nun aber nicht mehr wissen, wer ihn anruft. Er tritt hinaus auf die Straße. Ein Gewimmel von Menschen auf dem Bahnhofsvorplatz. Sie eilen in die hohe Bahnhofshalle hinein oder aus ihr heraus.

Eine dieser Personen ist Nicola Pammer. Ihr Railjet aus Bregenz ist gerade in Innsbruck eingetroffen. Sie durchquert das Bahnhofsgelände wie ein scheues Tier. Es fühlt sich eigenartig an, nach allem, was geschehen ist, nun wieder in dieser Stadt zu sein. Nicola fühlt sich unentwegt beobachtet. Mit Mühe unterdrückt sie das Bedürfnis, sich immer wieder umzudrehen und zu prüfen, ob jemand sie verfolgt. Doch natürlich verfolgt sie niemand, warum auch, kein Mensch beobachtet sie. Nur sie beobachtet all die unterschiedlichen Menschen, die an diesem Platz zu diesem Zeitpunkt aufeinandertreffen und versuchen, sich aus dem Weg zu gehen. Manche warten auf die Straßenbahn oder den Bus. Andere starren auf die Displays ihrer Smartphones, manche essen Döner, andere essen Eis. Obdachlose lungern herum. Daneben präsentiert eine Gruppe keusch gekleideter Zeugen Jehovas Bibeln und Broschüren in dutzenden unterschiedlichen Sprachen, mit denen Passanten vom richtigen Glauben überzeugt werden sollen. Zwei Straßenpolizisten kontrollieren die Ausweise von jungen, arabischstämmigen Männern, wahrscheinlich Marokkanern, denen nachgesagt wird, in der Bahnhofsgegend mit Drogen zu dealen. Instinktiv geht Nicola den Polizisten aus dem Weg. Das wird sie in Zukunft immer tun, Polizisten aus dem Weg gehen, die irgendetwas herausgefunden haben könnten. Und ans Lenkrad wird sie sich nie wieder setzen. Das hat sie bei ihrem abendlichen Spaziergang im Bregenzerwald entschieden.

Auch Bogner ist froh, dass die Polizisten beschäftigt sind und nicht auf ihn achten. Wie viele Menschen hier wohl gerade aus ihren ganz persönlichen Gründen erleichtert darüber sind, nicht von der Polizei kontrolliert zu werden?, überlegt er. Wen von all diesen Leuten, die er vor sich sieht, plagt das Gewissen? Und wer hat nichts mehr zu verlieren, hat alles bereits verloren? Bogner steckt einer Bettlerin, die auf dem Gehsteig kauert, einen Hundert-Euro-Schein in den Plastikbecher, den sie vor sich hingestellt hat.

Zufällig sieht Nicola, wie die mit langem bunten Rock und einer schwarzen Strickjacke bekleidete Frau überrascht aufsieht, als ihr ein unscheinbar wirkender Mann eine solch großzügige Spende gibt. Kurz nickt die Bettlerin und murmelt irgendetwas. Sobald der Mann weitergegangen ist, nimmt sie den grünen Schein aus dem Becher und lässt ihn in ihrer Jacke verschwinden.

Bogner macht sich auf den Heimweg. In kurzen Abständen vibriert das Handy in seiner Tasche. Bald wird er es ausschalten, die SIM-Karte herausnehmen und es in den Mülleimer einer Autobahnraststation werfen. Die SIM-Karte wird er während der Fahrt aus dem Fenster schmeißen.

Ob er das wohl öfter macht, dieser Mann, überlegt Nicola, Bettlern auf der Straße so viel Geld zu geben? Warum tut er das? Kümmert er sich um sein Karma?

Nicolas Vorlesung beginnt erst in zwei Stunden. Sie muss nicht auf dem schnellsten Weg heimgehen und ihre Unterlagen holen. Sie hat es nicht eilig. Beinahe traut sie sich nicht, aber nach kurzem Abwägen entscheidet Nicola, den Umweg über die Leopoldstraße zu machen. Kurz und unauffällig will sie den Unfallort am Kaiserschützenplatz bei Tageslicht begutachten. Nur um sicherzugehen, dass alles hier in Innsbruck wieder so ist, als wäre nie etwas geschehen.

■

SPRACHNACHRICHT

MONTAG, 9.4.2018, 13:11

»Andreas! Wo steckst du denn? Ich hab schon öfter versucht, dich zu erreichen, und dir eine Nachricht hinterlassen. Gestern haben wir es doch so fein gehabt. Seit unserem Ausflug hab ich nichts mehr von dir gehört. Du wolltest nochmal ins Atelier gehen und arbeiten. Das kenne ich ja. Ich weiß, wie du immer wieder abtauchst. Aber ich habe irgendwie ein schlechtes Gefühl. Bitte denk nicht, ich bin hysterisch oder was. Es ist nur … Bitte melde dich, okay?«

■

NACH DER VORANGEGANGENEN Sitzung versteht Doktor Gnessel die Textnachricht, die ihm sein Patient Andreas Bogner am Montagmittag schickt, als Suizidankündigung. Mehrfach versucht er, Bogner zurückzurufen. Die Tatsache, dass er ihn nicht erreicht, erhärtet seinen Verdacht. Es besteht akute Gefahr für Leib und Leben. Der Psychotherapeut muss davon ausgehen, dass sich sein Patient etwas antun wird. Ein solcher Notfall rechtfertigt die Aufhebung der ärztlichen Verschwiegenheitspflicht. Umgehend informiert Doktor Gnessel den Amtsarzt. Er erklärt ihm die Umstände und gibt ihm Namen und Adresse bekannt, die Bogner genannt hat. Der Amtsarzt zögert nicht. Auf der Stelle organisiert er ein Einsatzteam der Landespolizeidirektion. Zwei Polizeibeamte machen sich mit ihm auf den Weg. Um 12 Uhr 48 treffen sie in der Dreiheiligenstraße 19 ein. Sie läuten die oberste Glocke, neben der Bogners Name steht. Einmal, zweimal, dreimal. Sie versuchen ein weiteres Mal, den Gesuchten unter der Telefonnummer zu erreichen, die von Doktor Gnessel angegeben wurde.

Während die drei Männer vor der Eingangstür stehen und besprechen, welche Schritte als Nächstes zu unternehmen sind, öffnet sich die Haustür von innen. Frau Perlhofer ist auf die Polizeibeamten aufmerksam geworden, die unten auf der Straße stehen. Sie ist durchs Treppenhaus hinuntergeeilt und fragt, was los sei und ob sie helfen könne.

»Kennen Sie einen Andreas Bogner, der hier im Haus wohnt?«, wird sie gefragt.

»Ja, ganz oben wohnt er. Haben Sie bei ihm geläutet? Diese Glocke hier. Macht er nicht auf? Er wohnt zwei Stockwerke über mir. Gehen Sie rauf zu ihm. Vielleicht ist er zu Hause. Er ist ein komischer Kauz.«

Die Polizisten bedanken sich und gehen die Treppen hoch. Frau Perlhofer folgt ihnen, so schnell sie kann. Dass ihr dieser Bogner immer schon ein wenig suspekt gewesen sei, lässt sie die Beamten wissen.

»Was hat er denn angestellt?«, fragt sie.

Die Polizisten bitten Frau Perlhofer, in ihre Wohnung zu gehen und sie nicht bei der Arbeit zu stören.

»Gut, gut«, sagt sie. »Fragen wird man wohl noch dürfen.«

Mehrfach klopfen die Beamten an die Wohnungstür und rufen in Bogners Atelier hinein. Schließlich entscheiden sie, aufgrund der akuten Suizidgefahr die Ateliertür aufzubrechen.

Sie finden eine leere, helle Wohnung vor. Die Vorhänge sind aufgezogen, zwei Fenster sind gekippt. Alles ist ordentlich aufgeräumt. Das Schlafsofa ist eingeklappt und nicht mit Bettzeug bezogen. Küche, Klo und Badezimmer sind makellos sauber. Eine Papiertüte mit Altglas steht an der Wand. Die Dusche scheint seit längerem nicht benutzt zu sein. Die Waschbecken sowohl im Bad wie in der Küche sind hingegen feucht. Wie eines der Handtücher und ein Geschirrtuch scheinen sie innerhalb der letzten paar Stunden verwendet worden zu sein. Nichts aber deutet auf ein wie auch immer geartetes Gewaltverbrechen hin. Kein Abschiedsbrief, keine Waffe, keine sonstigen Gegenstände, die Rückschlüsse zulassen würden, werden gefunden.

Nach einer Weile verlässt einer der beiden Polizisten gemeinsam mit dem Amtsarzt die Wohnung wieder. Der verbleibende Polizeibeamte wird beauftragt, auf Andreas Bogner oder auf weitere Anweisungen zu warten und Meldung zu machen, sobald sich irgendetwas tut.

Zuerst ist dem jungen Mann, der allein im Atelier zurückbleibt, ein wenig unwohl zumute. Er behält die angelehnte Wohnungstür im Blick und achtet auf jedes Geräusch, das vom Treppenhaus kommt. Doch es bleibt still und friedlich in diesem Gebäude. Auch der Hinterhof ist wie ausgestorben. Nur die alte, neugierige Frau, die zwei Stockwerke tiefer wohnt und ihnen die Haustür geöffnet hat, kommt irgendwann aus ihrer Wohnung und schleicht sich hoch. Der Polizeibeamte geht ihr ein paar Schritte entgegen.

»Es gibt hier nichts zu sehen«, sagt er. »Es ist nichts passiert. Sie müssen sich keine Sorgen machen.«

»Ach so. Dann ist ja gut«, antwortet Frau Perlhofer.

Sie bleibt auf der Treppe stehen und hält sich am Handlauf fest.

»Wollen Sie vielleicht einen Kaffee trinken?«, fragt sie.

»Nein, danke. Ich bin im Dienst.«

»Darf man im Dienst keinen Kaffee trinken?«

»Bitte gehen Sie zurück in Ihre Wohnung. Danke.«

Der Polizist setzt sich, sobald wieder Ruhe eingekehrt ist, an Bogners kleinen Küchentisch und blickt sich mit einer Mischung aus Neugier und Langeweile in der Wohnung um. Kurz schaltet er das Küchenradio an und macht sich keine Gedanken darüber, dass Radio Tirol als Sender eingestellt ist. Doch dass es weder einen Fernseher, Flatscreen, Computer oder zumindest einen Laptop in der gesamten Wohnung gibt, verwundert ihn.

»So möchte ich nicht wohnen«, resümiert er und schüttelt den Kopf.

Wenn das eine typische Künstlerbude ist, wie sein Kollege vorhin gemeint hat, ist er froh, kein Künstler zu sein.

Er holt sein Samsung Galaxy aus der Tasche und ortet über eine Tracking-App, wo genau sich seine Freundin in diesem Moment aufhält.

»Aha«, murmelt er und lächelt spitz. »In der Maria-Theresien-Straße also, mitten im Kaufhaus Tyrol. Ein bisschen Shopping in der Mittagspause? Das hätte ich mir denken können.«

■

TEXTNACHRICHT

MONTAG, 9.4.2018, 13:24

Hallo. Vielleicht kannst du deine Mobilbox nicht abhören? Ich wollte dich erreichen. Meld dich bitte, sobald du das liest!

■

BOGNERS AUTO IST ein paar Häuserblocks vom Atelier entfernt in Dreiheiligen-Schlachthof abgestellt. Bogner trägt alles, was er noch benötigen könnte, bei sich. Die Geldtasche mit ausreichend Bargeld. Verschiedene Kreditkarten. Den Personalausweis. Seinen Autoschlüssel. Alles Weitere würde sich unterwegs und vor Ort besorgen lassen.

Er startet den Motor, und augenblicklich verspürt Bogner eine merkwürdige Erleichterung. Als hätte ihm die Zündung die endgültige Entscheidung abgenommen. Ein undefiniertes Gefühl von Freiheit und Zuversicht durchfährt ihn. Eine Weile sitzt Bogner regungslos im Wagen, versichert sich, dass alles auf den Weg gebracht ist. Das Auto ist nahezu vollgetankt, stellt er fest. Dann blickt er in die Rückspiegel und den Innenspiegel und parkt vorsichtig aus.

Bogner fährt an den Viaduktbögen entlang. Ohne Hast durchquert er das Stadtzentrum, fährt am Bozner Platz vorbei. Es macht den Anschein, als wolle er ein letztes Mal seine Heimatstadt besichtigen. Bei der Triumphpforte biegt er in die Leopoldstraße in Richtung Süden ab. Er fährt langsam und konzentriert. Über diese Straße wird er die Stadt verlassen, geradewegs zum Brenner hinauf, über den Pass, über die Grenze hinweg zur Küste hin.

Beim Kaiserschützenplatz hält Bogner an einer roten Ampel. Aus dem stehenden Wagen blickt er nach rechts zu dem Gebüsch, aus dem heraus er Donnerstagnacht an Niederer herangetreten ist und keine Worte herausgebracht und stattdessen die Waffe aus seiner Jacke gezogen hat. Vielleicht sind ein paar Zweige des Gestrüpps abgebrochen?, überlegt Bogner, aber es ist nichts Außergewöhnliches zu erkennen.

Der Kaiserschützenplatz ist ein unscheinbarer Unort mitten in der Stadt. Im Moment ist bloß ein einziges Auto hier am Gehsteigrand geparkt. Vielleicht wäre alles anders gekommen, wären am Donnerstag hier keine Autos gestanden? Es ist müßig, darüber nachzudenken. Eigenartig ist nur, dass Bogner weder Wut noch Trauer verspürt. Auch Mitleid nicht, weder mit Niederer noch mit sich selbst. Er registriert die Dinge einfach, wie sie sind.

Auch die junge Frau registriert er, die langsam, als würde sie Zeit schinden, den Zebrastreifen vor ihm überquert. Wie Bogner blickt auch sie um sich und inspiziert die Gegend. In

Bogners Auto aber sieht sie nicht hinein. Sonst hätte sie womöglich erkannt, dass der Mann, der am Steuer sitzt, derselbe ist, der der Bettlerin vorhin den Hundert-Euro-Schein gegeben hat.

Verstohlen betrachtet Nicola die umliegenden Häuser. Jemand hätte sie von diesen Fenstern aus durchaus beobachten können. Es ist sogar wahrscheinlich, dass jemand gesehen hat, wie sie den Passanten rammte und ohne stehen zu bleiben weiterfuhr. Doch die Polizei ist bislang nicht in Bregenz aufgetaucht. Ein Glück, dass die Nummerntafel schmutzig und kaum beleuchtet war, denkt Nicola. Ein Glück? Ist ihr tatsächlich dieses Wort in den Sinn gekommen? Ist es ein Glück, dass sie einen Menschen totgefahren hat? Nicola hasst sich dafür. Sie ist kein Mensch, sondern ein Monster. Vielleicht wird es von nun an immer so sein, dass sie sich vor sich selber ekelt? Die einzige Hoffnung, die bleibt, ist, dass die Skrupel, Angst und Zweifel, die sie quälen, mit der Zeit vergehen würden.

Nicola bleibt, am Gehsteig angekommen, kurz stehen und dreht sich in alle Richtungen. Dann geht sie zu genau jener Stelle, von wo aus der Fußgänger, ihrer Erinnerung nach, auf die Straße gesprungen sein musste. Warum hat er das gemacht? Er muss betrunken gewesen sein, wie ihre Mutter vermutet. Auch Nicola hatte getrunken. Drei Aperol Spritz. Sie erinnert sich, wie ihr ein wenig schwindelig war, als sie sich ans Lenkrad setzte.

Ein paar Passanten kommen auf sie zu. Nicola weicht zur Seite. Unauffällig sucht sie den Boden ab. Auf dem Asphalt, am Rinnstein ist nichts Außergewöhnliches zu erkennen. Hat sie erwartet, Blutspuren zu sehen? Ein Auto hupt. Nicola zuckt zusammen. Doch der Fahrer macht nur den vor sich darauf aufmerksam, dass die Ampel auf Grün umgesprungen ist.

Bogner war in Gedanken versunken. Genau das darf ihm nicht passieren. Er darf sich keine Unaufmerksamkeit erlauben. Betont lässig entschuldigt sich Bogner durch den Innenspiegel beim Fahrer hinter ihm und fährt weiter. Er entfernt sich vom Kaiserschützenplatz. Er fährt über den Südring, an der Wiltener Basilika vorbei, hinaus aus der Stadt. Er muss jetzt konzentriert bleiben. Noch hat er nicht alles hinter sich. Noch ist nicht alles geschafft.

Nicola bemerkt zwei Männer, die unauffällig angezogen auf der Parkbank des Kaiserschützenplatzes sitzen und sich unterhalten. Vielleicht sind es Beamte in Zivil, die die Gegend seit dem Unfall observieren? Vielleicht beobachten sie Nicola bereits seit einigen Minuten, sehen, wie sie herumschleicht, als hätte sie etwas verloren? Vielleicht wissen Kriminalpsychologen, dass Täter im Nachhinein immer wieder den Ort ihres Verbrechens aufsuchen? Vielleicht warten diese zwei Männer auf der Parkbank darauf, dass sich der flüchtige Fahrer zu erkennen gibt? Nicola geht auf dem staubigen Kiesweg über den Platz langsam auf die beiden zu und an ihnen vorbei. Sie lässt ihnen ausreichend Zeit, sie anzusprechen. Doch die Männer sind nicht an ihr interessiert. Sie essen belegte Semmeln, die sie wahrscheinlich vom *Baguette*, der Bäckerei am Eck, mitgenommen haben. Sie trinken Coca-Cola Zero und sind in ein Gespräch vertieft. Es geht um einen unzuverlässigen Mitarbeiter ihrer Firma – soweit es Nicola aus den paar Gesprächsfetzen ableiten kann, die sie aufschnappt. Es sind keine Zivilbeamte. Sie werden sie nicht festnehmen.

Ohne einem Menschen aufzufallen, spaziert Nicola über

die Franz-Fischer-Straße weiter in Richtung ihrer Wohnung. Innsbruck hat sie noch nie gemocht, erinnert sie sich. Immer schon ist ihr diese Stadt unsympathisch gewesen. Es wäre besser gewesen, Nicola hätte sich wie ihre große Schwester für Graz oder Wien entschieden, um dort zu studieren. Johanna ist nach Wien gezogen und fährt so gut wie nie mehr heim. Doch Nicola ist nicht wie ihre Schwester.

Hin und wieder dreht sich Nicola weiterhin um. Doch längst ist der Kaiserschützenplatz aus ihrem Blickfeld verschwunden. Und niemand ist ihr gefolgt.

■

SPRACHNACHRICHT

MONTAG, 9.4.2018, 15:43

»Andreas! Den ganzen Tag versuche ich schon, dich zu erreichen. Hast du dein Handy abgedreht? Der Papa hat mir auf die Mobilbox gesprochen, dass du ihm die Pistole noch immer nicht zurückgegeben hast! Stimmt das? Er klang wirklich verärgert, nicht nur über dich, auch über mich. Er meinte, dass er bald Anzeige erstatten wird, wenn das so weitergeht. Ich hab mich noch gar nicht getraut, ihn zurückzurufen. Manchmal weiß ich echt nicht, was mit dir los ist, Andreas. So geht man doch nicht mit Menschen um, die einem einen Gefallen tun? Bitte meld dich so schnell wie möglich bei ihm. Und ruf auch mich endlich zurück. Ich bitte dich!«

■

BOGNER HAT DEN Brenner überquert. Er ist jetzt ganz bei sich. Er existiert nur mehr für den Augenblick. Alles, was schiefgelaufen ist in seinem Leben, hat er hinter sich gelassen.

An der Staatsgrenze ist Bogner nicht kontrolliert worden. Nun führt die italienische Autobahn geradewegs gen Süden. Ihre Fahrspuren sind eng, die Leitplanken rostig.

In wenigen Stunden wird Bogner in Genua eintreffen. Niemand weiß Bescheid. Mit etwas Glück wird er im Hotel Miramare dasselbe Zimmer bekommen, das er bereits im Sommer zuvor angemietet hatte.

■

SPRACHNACHRICHT

MONTAG, 9.4.2018, 20:16

»Andreas! Die Polizei war hier und hat nach dir gefragt. Wo, zum Teufel, treibst du dich herum? Die Polizisten haben gemeint, dass sie dich auch im Atelier nicht angetroffen haben. Was ist denn los mit dir? Ich hab ein wirklich schlechtes Gefühl. Der Papa ist bitter enttäuscht. Morgen früh wird er dich und sich selber bei der Polizei anzeigen, meint er. Ich glaube aber immer noch, dass er deine Entschuldigung annehmen würde. Es lässt sich doch alles immer irgendwie erklären. Bitte melde dich, Andreas, egal, was passiert, egal, was los ist. Bitte melde dich einfach endlich. Dann können wir alles besprechen, okay?«

■

MONTAG, 9. APRIL 2018, 23:18

Die Bässe der Hip-Hop-Musik, die ihr Mitbewohner hört, wummern durch die dünne Wand in Nicolas Zimmer. Auf der Straße vor ihrem Fenster rauscht ein Auto nach dem anderen vorbei. Die Straßenlaterne leuchtet von außen direkt auf Nicolas Bett, direkt in ihr Gesicht. Es fühlt sich an wie bei einem Verhör. Nicola zieht den doppelten Vorhang nicht zu, den sie vor Monaten angebracht hat. Heute nicht.

Sie tippt auf dem Display ihres Handys auf das Wort *Mama*.

»Hallo Schatz?«, antwortet die Stimme ihrer Mutter. »Was ist los? Ist etwas passiert?«

»Nein, Mama.«

»Ich bin schon im Bett, ich lese. Warum rufst du so spät noch an, Liebes?«

»Mama, er ist tot.«

»Wie bitte?«

»Er ist nicht leicht verletzt. Keine leichten Prellungen. Er ist tot. Ich habe einen Menschen getötet.«

»Der Unfall? Was redest du da? Du hast mir doch die Polizeimeldung gezeigt. Es war doch nichts Schlimmes passiert?«

»Ich habe nicht die Wahrheit gesagt, Mama. Es tut mir leid. Ich habe einen Menschen auf dem Gewissen. Und ich habe dich angelogen.«

»Was?«

»Ich werde jetzt auflegen und zur Polizei gehen. Ich will nur, dass du es weißt, bevor ich ihnen alles sage. Ich habe den Mann getötet. Wer weiß, was sie mit mir tun, nachdem ich diese Aussage gemacht habe? Ich liebe dich, Mama. Ehrlich. Ich danke dir für alles, was du für mich getan hast.«

Nicola bricht die Verbindung ab, bevor sie zu weinen beginnen würde.

Sofort schaltet sie das Handy aus, damit ihre Mutter nicht zurückrufen kann.

Eine Weile starrt Nicola durchs Fenster auf die Straßenbeleuchtung hinaus. Dann wirft sie ihre Jeansjacke über und zieht die Sneakers an. Sie ist zittrig und ungeschickt, als sie die Wohnung verlässt und durchs Treppenhaus hinuntergeht. Unten vor dem Haus überlegt Nicola, ob sie, statt auf die Polizeiwache zu gehen, nicht lieber durch zwei vor ihr parkende Autos hindurch mit einem Satz auf die Straße springen sollte. Vielleicht wäre dann alles vorbei? Doch Nicola will nicht noch mehr Schuld auf sich laden, nicht noch einem fremden Menschen das Leben zerstören. Sie will ihre Schuld loswerden, soweit das möglich ist. Sie will sich eines Tages, irgendwann in ihrem Leben, wieder in die Augen schauen können, ohne Ekel, ohne Angst.

Zu Fuß durchquert Nicola über den Innrain die halbe Innenstadt. Als Nicola bei der Landespolizeidirektion ankommt, ist es kurz vor Mitternacht.

»Ich möchte ein Geständnis ablegen«, sagt sie zu dem dienstleistenden Beamten an der Rezeption.

Ihre Stimme flattert nicht, während sie spricht. Ihre Hände sind jetzt ganz ruhig, auch später, als sie das Geständnis unterschreibt. Es ist das einzig Richtige, was sie tun kann. Zu dieser Überzeugung ist Nicola gekommen.

IM GERICHTSMEDIZINISCHEN GUTACHTEN über Kurt Niederers Tod, datiert auf Samstag, den 7.4.2018, 16:21 Uhr, wurde festgehalten, dass er das Opfer eines Verkehrsunfalls war, von dem unterschiedliche Zeugen berichtet hatten. Beim Zusammenstoß mit einem Fahrzeug in der Leopoldstraße musste er auf die Gehsteigkante geworfen worden sein. Er verlor das Bewusstsein. Wenige Minuten später traf ein Ambulanzwagen am Unfallort ein. Es wurde notfallmedizinische Erstversorgung geleistet. Mit einem schweren Schädelhirntrauma wurde Kurt Niederer in die Intensivstation der Universitätsklinik eingeliefert. Dort stieg der Hirndruck trotz Gegenmaßnahmen weiter an und führte schließlich zum Atemstillstand. Neben Prellungen, Schürfwunden und einer gebrochenen Rippe, die auf den Unfall zurückzuführen waren, konnten keine weiteren gewalttätigen Einwirkungen von außen festgestellt werden. In Niederers Blut wurde eine Alkoholkonzentration von 1,24 Promille gemessen.

■

AUS BOGNERS ARBEITSNOTIZEN
DIENSTAG, 10. APRIL 2018, 22:00

Eigenartig, dass ich es nach wie vor als Arbeitsnotiz vermerke, was ich hier schreibe. Ich arbeite doch gar nicht mehr. Ich habe das Arbeiten aufgegeben. Der Druck, der immerzu auf mir lastete, kreativ und produktiv zu sein, ist von mir abgefallen. Mein ganzes Leben widmete ich meiner Arbeit. Doch sie führte mich nirgendwohin, außer in eine blinde Tat.

Nun bin ich wieder im *Miramare* angekommen. Ich hätte nicht gedacht, dass ich diese Performance ein zweites Mal mache. Diesmal aber ist es keine künstlerische Aktion. Vielleicht werde ich nun zwar jene horizonterweiternden Bilder zu sehen bekommen, nach denen ich mich letzten Sommer so sehr sehnte, aber ich werde nicht versuchen, sie auf Büttenpapier festzuhalten. Ich habe genau denselben Aufbau wie letztes Mal angelegt, nur das niedere Tischchen mit den Papierbögen und dem Kohlestift habe ich weggelassen. Ich werde nicht mehr zeichnen in diesen letzten Stunden und Minuten, die mir vom Leben bleiben. Ich werde einfach nur froh sein, dass ich nun nichts mehr tun muss.

Letzten Sommer, als ich mich genau an diesem Ort auf den Boden legte, mit genau derselben Menge Trockeneispellets auf den Isomatten um mich herum ausgelegt, wusste ich nicht, was auf mich zukommen würde. Ich verkrampfte mich. Ich meinte ständig, nicht sterben zu dürfen, wollte aber dennoch die Erfahrung des Sterbens machen. Heute ist es anders. Heute werde ich mich ganz der Sache hingeben.

Vieles tut mir leid. So vieles würde ich anders machen, würde ich eine neue Chance bekommen. Doch irgendwann bekommt man keine Chance mehr.

Ich will ehrlich sein. Ich bin ein vielfach gescheiterter Künstler, der nicht fähig war, eine Beziehung zu führen, und der, darüber hinaus, ein Menschenleben auf dem Gewissen hat. Ein, zwei Jahrzehnte, vielleicht sogar lebenslänglich müsste ich dafür in einer Haftanstalt absitzen.

Ich habe mich oft gefragt, ob es mutig oder feig ist, wenn sich einer das Leben nimmt. Diese Frage konnte ich nie beantworten. Nun spielt sie keine Rolle mehr.

Alle Ritzen sind abgeklebt. Der Hinweis für die Zimmermädchen liegt auf dem Boden. Eine Notiz *Per Astrid* kann ich mir diesmal sparen, denn Astrid wird meinen Brief bereits per Post bekommen haben. Die Isomatten liegen bereit. Ich werde nun die Pellets darauf verteilen und mich in Stellung bringen. Der Rest geht von allein. Ich werde mir diesmal aber einen Pullover anziehen, denn ich will nicht frieren.

Wenigstens habe ich das Gefühl, irgendetwas hinterlassen zu haben. Mein Leben war nicht ganz umsonst. Astrid wird sich um alles kümmern, ich verlasse mich auf sie. Soweit ich fähig war, eine Frau zu lieben, liebte ich sie. Doch sicherlich war das nicht genug.

DANKSAGUNG DES AUTORS

Für diesen Roman war überraschend viel Recherchearbeit erforderlich.

Ich bedanke mich herzlich bei meinen Freunden, Bekannten und Verwandten – bildenden Künstlern, Psychologen, Psychotherapeuten, Programmierern, Jägern und Strafverteidigern – für ihre Mithilfe, ohne die ich diesen Text nicht schreiben hätte können. Ebenso – das wird viel zu selten gesagt – gilt mein ausdrücklicher Dank den Lektorinnen und anderen Wegbegleitern, die meine Arbeit bislang unterstützten. Ihr alle wisst, wer ihr seid! Ohne euch wäre ich nicht dort, wo ich bin, und dieser Bogner nicht dort, wo er ist.